LO QUE SON MUJERES

Francisco de Rojas Zorrilla

SERAFINA.
RAFAELA.
DON ROQUE.
GIBAJA, gracioso.
INESICA.
DON PABLO.
DOÑA MATEA.
DON MÁRCOS.
DON GONZALO.
ESTÉBAN, criado
JACOBO, criado

JORNADA PRIMERA

Salen SERAFINA y RAFAELA.

SERAFINA.Llévenla luégo á un convento,
No ha de estar en casa un hora.
RAFAELA.Yo te confieso, Señora,
Que es justo tu sentimiento;
Pero aunque es doña Matea
Con los hombres tan humana,
Es, en efecto, tu hermana.
SERAFINA.¿Enamoradita y fea?
¿Qué es esto?
RAFAELA.   Templanza ten.
SERAFINA.¿No quieres tú que me asombre
Si en la vida ha visto hombre,
Que no le parezca bien?
El chico, por lo donoso;
El grande, por lo entallado;
El puerco, por descuidado;
El limpio, por cuidadoso;
Porque guarda, el miserable;
Por arrojado, al valiente;
Al que habla, por elocuente;
Al que calla, por loable:
Al cobarde, por templado;
Al hablador, por chistoso
Al tibio, por vergonzoso;
Por discreto, al mesurado;
Al vano, por presunción;
Por constante, al importuno;
Jamás ha visto hombre alguno
Que no le cobre afición.
Pues en un convento vea
Su humanidad reprimida.
RAFAELA.Señora...
SERAFINA.   No vi en mi vida
Mas malas gracias de fea;
Lindas partes de adorada
Tiene mi tal hermanita;

Segundita, pobrecita,
Feita y enamorada;
En un convento, es notorio
Que templará este deseo.
RAFAELA.Señora, yo no la veo
Con hambre de refitorio;
Cásala con un garzón
Casero, y lo mismo has hecho,
Que tiene un marido estrecho
Mil cosas de religión.
SERAFINA.No hay que replicarme en nada;
Convento, quiera ó no quiera.
RAFAELA.Advierte...
SERAFINA.   Echadme acá fuera
Esa bienaventurada.
RAFAELA.No te quiero replicar,
Pero no se ha levantado.
(Llaman.)
SERAFINA.¿Quién es?
RAFAELA.   Un hombre que ha dado
Todo hoy en quererte hablar.
SERAFINA.No éntre hombre á hablarme.
RAFAELA.   Yo creo
Que te agrade si le ves.
SERAFINA.¿Parécete á ti que es
Sujeto de galanteo?
RAFAELA.Cada pié de á media vara,
Las piernas de á caña y media;
Pues la cara lo remedia
Que es semicapon de cara
El hombre desmadejado.
SERAFINA.Nadie hombre entero me nombre.
RAFAELA.Señora no éntre por hombre
Éntre por acaponado;
Mira que ser tan cruel
Con los hombres es error.
SERAFINA.Ahora estoy de buen humor,
Éntre por reirnos dél

Sale GIBAJA.

GIBAJA.El cielo guarde, Señora,
Ese traslado del mismo:
Ese espacio, donde atento
Con rasgos negros ha escrito,
De que sois su hermosa copia,
La perfeccion tan al vivo,
Que porque todos la atiendan
A la margen poner quiso
Dos ojos, como quien dice,
Ojo á sus labios divinos,
Donde el sangriento coral
Le viene como nacido.
Tambien ojo á sus mejillas
De nácar, no por advitrio
De la beldad, que están rojas
De vergüenza de haber visto
Vuestros dientes tan iguales,
Tan perfectos, tan unidos,
Que os están todos de perlas
Que viendo igualmente fino,
Ya el nácar, y ya el jazmín
De dientes y labios limpios,
Cuanto corren á encenderse
Dicen lo que se han corrido.
Tambien ojo á las pestañas,
Que en blanco raso, aunque liso,
Al canto de sus dos cejas
El párpado han guarnecido.
Y ojo tambien á esos ojos
Que dan muerte. ¿Quién ha visto
Que aquello mismo que mata
Sea lo que dé el aviso?
SERAFINA.Al caso, por vida mía,
Que tengo ya los oídos
Cansados de estar oyendo
De jazmín mil desvaríos,
Mil vergüenzas de coral,
De nácar dos mil delirios,
Y de aljófares y perlas

Mil sartas de desatinos.
¿Quién sois?
GIBAJA.   Señora, yo soy
Hombre tan espantadizo,
Que ando haciendo sacramentos
De cualquier cosa que estimo.
SERAFINA.No os entiendo.
GIBAJA.   Soy un hombre,
Que por dar á mis amigos
Un buen día con su noche
Doy muy malas de continuo.
RAFAELA.¿Ese oficio es cosi-cosa?
SERAFINA.Explicaos ya.
GIBAJA.Ya me explico.
Yo soy...
SERAFINA.   ¿Qué?
GIBAJA.Casamentero.
SERAFINA.Alcahuete á lo divino,
¿Qué quereis en esta casa?
GIBAJA.Casaros, porque me han dicho
Que teneis sobre lo hermoso,
Sobre lo airoso y lo lindo,
Cuatro mil y más de renta.
RAFAELA.Sin joyas, sin ajuar rico,
Sin más de tres mil ducados
De deudas.
GIBAJA.Pues yo os afirmo,
Que está en manos el pandero
Que los hará veinte y cinco.
SERAFINA.¿Y cómo os llamais?
GIBAJA.   Gibaja.
SERAFINA.Silla á Gibaja. (Ap. Imagino
Con el tal casamentero
Divertirme un rato.)

(Siéntanse.)

GIBAJA.   Digo,
Que podeis dar cuatro echadas
De blancura al mismo armiño.

¿A qué novio os he de dar?
Aquí tengo treinta escritos
Que los he escogido á moco,
De candil.
SERAFINA.   No escogeis limpio;
¿Y este oficio es provechoso?
GIBAJA.Este año no se ha corrido.
SERAFINA.¿Cásanse agora mujeres?
GIBAJA.Algunos casamientillos
Hay de viudas.
RAFAELA.   ¿De doncellas
No hay tambien?
GIBAJA.   Halos habido;
Pero hay pocos, como hay pocas.
SERAFINA.¿Casáis muchos?
GIBAJA.   De continuo.
SERAFINA.¿Y cómo los engañáis?
GIBAJA.Casándolos.
SERAFINA.   Yo no os digo
Sino ¿cómo los casáis?
GIBAJA.Fácilmente.
SERAFINA.
¿Cómo?
GIBAJA.Oildo.
SERAFINA.¿Mentireis?
GIBAJA.   No os caso agora.
SERAFINA.Pues proseguid.
GIBAJA.   Ya prosigo:
Primeramente, yo tengo
Una memoria en que escribo
Cuantos en San Sebastián
Son de fiesta y de domingo;
Los de la comedia nueva;
Los que sin pleito ni oficio
En el patio de palacio
Suelen estar de continuo;
Los del Prado, los de Atocha
Y á cada cual en mi libro
Para entenderme con ellos
Les pongo por seña un signo.

Al que es valiente, á la margen
Del mismo nombre te pinto
El signo Leon; y si es
Cobarde el Piscis le pinto;
Si es sufrido, el signo Tauro;
Y el de Aries, si es muy sufrido;
Si es de mala condicion,
El Escorpion; si es bien quisto,
El Géminis; y al que no es
Para hombre, el signo Virgo
Si está buboso le pongo
El Cáncer; y si es muy rico
Y ha venido de las Indias,
El Acuario; mas si es hijo
De algun tendero ó tratante
El signo Libra le aplico;
Si es muy feo ó contrahecho,
El Sagitario; y si ha sido
Casado con dama hermosa,
Y fué pobre, pongo el signo
Capricornio, que lo es
De pobres, aunque maridos.
Éntrome en cualquiera casa
De soltero, y en mi estilo
De casar propongo luégo
Novias como Dios las hizo.
Si es medianamente hermosa,
Hermosa la significo;
De manera, que no puede
Pensarse de hito en hito
Que su hermosura es el dote,
Y que en Madrid he sabido
Que adorarla por su sol
Hallára mil novios indios.
Si es pobre, que es hijodalga,
Y luégo cuento que he visto
Su ejecutoria con tanta
Letra de oro en pergamino.
Si es rica, y no es bien nacida,
Le doy con el refrancillo:

« Dineros son calidad»;
Y le digo: Señor mío,
Sepa usted, que don tener
Es caballero castizo.
Si es muy fea, y hallo luégo
Mi novio un poco remiso,
Digo que la mujer propia
Ha de picar un poquito
En fea, que desa suerte
Anda un hombre con descuido.
Si el novio dice que es gorda
De ahogar, luégo le digo:
¿Ha de hacer randas con ella
Que la quiere de palillos?
Si le propongo una flaca
Y la desecha, le riño,
Que una mujer por arrobas
Debe encerrar para siglos.
Si es larga, le digo luégo,
Muñecas para los niños;
Si es chica, de la mujer
Lo ménos es lo más lindo.
Si la novia es algo puerca,
Que el matrimonio hace limpio,
Que es agua de calabobos
Que la coge sobre aviso;
Si entra algun señor á verla
Que entra á parlar un ratillo
En buena conversacion,
Aunque otra cosa hayan dicho,
Que es un santo el buen señor
Y el mal pueblo es un maldito
Y, en fin, dejando á mi novio
Puesto este mal durativo,
A mentir más á la novia
Que elige voy, llamo y digo:
-Ea, Señora, su remedio.
¡Oh, gracias á Dios, que quiso
Que haya hallado para uced
Un novio como nacido!

¡Ah qué hombre, señora mía!
Quien es digo; y de camino,
Misterios y más misterios
Hago cuando al hombre intimo;
Porque como el matrimonio
Es Sacramento, es preciso
Que tenga dentro de sí
Mil misterios escondidos.
Si no agrada el que propongo
A su eleccion y a mi arbitrio,
Como esto es para la mano,
Le voy dando novios ripios.
Al que me culpan de viejo,
Aseguro que le elijo
Porque es hombre ya de hecho,
Y las novias, por lo mismo
Le desechan, que no quieren
Novio de hecho; porque han visto
Que el novio de hacer, es sólo
Bueno para ser marido.
Si traigo un mozo galan
Y le culpan por mocito,
Les digo que el matrimonio
Hace viejos infinitos;
Si de jugador le culpan
Que está cansado la afirmo
De ser perdido y de andar
Ya de garito en garito,
Y desea una señora
Que traiga algun caudalillo
Para poder con descanso
Quitarse, deste mal vicio.
Si en alguna desdichada
Dicen que tiene algun hijo
Que llaman, en buena guerra,
Con gran llaneza replico:
Ansí será para hombre
Y si es corcovado, digo
Que se cargó de razon
Riñendo en un desafio,

Y se le ha quedado toda
Seis dedos del cerviguillo.
Si es feo, que así han de ser
Los hombres; si es atadito
La digo, que así podrá
Hacer dél cera y, pabílo;
Si es valiente arrufianado,
Crudo y terneron, la digo:
La casa siempre ha de oler
A hombre, cuerpo de Cristo.
Si no tiene pantorrillas,
Y muy preciado de lindo
Trae dos verdades por piernas,
Que están mal hechas, replico:
No tiene razon, que entrambas
Están cortadas al hilo.
Y, en fin, haciendo á los dos,
A ella rica y á él más rico,
Contando gracias de entrambos
Y diciendo á un tiempo mismo
A ella que él muere por ella,
Aunque nunca la haya visto,
Y á él que esto está de Dios,
Juez de los dos, sin delito
Les pongo á cuestion de novios
Y al instante que se han visto,
A dos vueltas que les doy
Confiesan el sí, y yo pido
Joya que luégo la vendo,
Tela que la hago vestido
Y ya dejando a los dos
Sacramentados, me guiño
Muy soltero, y ellos quedan
Casados y arrepentidos.
SERAFINA. Amigo, reñiros quiero
Que hagais esta narracion,
Que implican contradiccion
Verdad y casamentero.
RAFAELA. Serafina, aunque te admira
Que le hable con claridad,

A vueltas de la verdad
Se introduce la mentira.
¿No echas de ver que esta es
Treta del juego, Señora?
Dícete verdad agora
Para mentirte despues.
SERAFINA.Dices bien; mas como sé
Que mentirme sólo quieres
Cuando la verdad dijeres
Tampoco la creeré,
GIBAJA.Casarte sin trampa intento,
Y hemos de ir otros los dos.
SERAFINA.Mi abuelo (que tenga Dios)
Dejó por su testamento
Un mayorazgo fundado,
Que heredó con mejor suerte
Mi padre, y yo, por su muerte,
Como mayor le heredado;
Que no se reparta y venda
Entre otras hijas mandó,
Y no puedo serlo yo
Por no ser libre mi hacienda,
y la he de dejar perder
Por no casarme.
GIBAJA.   Eso es dar
Sólo en quererse casar.
RAFAELA.¿Con quién?
GIBAJA.   Con su parecer.
¿Tú no has de casarte?
SERAFINA.   Sí.
GIBAJA.¿Hombre ha de ser?
RAFAELA.   No le nombre.
SERAFINA.¿Adónde hallaré yo un hombre
Que parezca ansí, ansí?
No hallo uno que bueno sea;
Todos me parecen mal;
¡Oh fuego en todos!
RAFAELA   Igual
Los quiere doña Matea,
Tu hermana.

SERAFINA.   Los viles modos
De sus traiciones ignora.
GIBAJA.Pues dime, ¿qué hace, Señora?
RAFAELA.No hace más de que hace a todos.
GIBAJA.Para que contenta estés,
Te daré muy afamado
Un excelente letrado.
SERAFINA.¿Muy espeso?
GIBAJA.   Un sí es no es.
SERAFINA.A poca paz me convida
Si con él me he de casar
Hombre con quien he de andar
En pleitos toda la vida.
GIBAJA.Un peinado me promete
Mil doblas si le quereis.
SERAFINA.Gibaja, no le toqueis,
Que se le ajará el copete.
GIBAJA.Que no he de hallar, averiguo,
Novio que haga la razon.
SERAFINA.¡No topára yo un hombron
De aquellos del tiempo antiguo!
Un hombron extraordinario.
GIBAJA,¿De qué manera me has dicho?
SERAFINA.Quiero un hombre de capricho
Y no del uso ordinario.
GIBAJA.Aquel de Toledo es
Bueno; pero con la edad
Tiene cierta enfermedad.
¡Ah! ¿quereis un montañés,
Que es excelente figura?
¿Quereis otro, aunque algo viejo,
Natural de Jaraizejo,
Un lugar de Extremadura?
El regidor de la Mora
Es mejor, si rico fuera;
Ansí, á aquel de Talavera
Le tengo de hablar ahora,
Que es el modo y traza toda
A vuestro capricho igual;
Hombres son, que cada cual

Os viene á pedir de boda,
Y por si alguno os agrada
Haré que á servir empiecen.
SERAFINA.Todos cuatro me parecen
Sujetos de carcajada
Traeldos.
GIBAJA.   Por ellos iré.
Pero decidme, Señora,
¿Para atraerlos agora
A esta casa, qué diré?
SERAFINA.Que es para tomar estado;
Mas la risa se asegura,
De ver entrar un figura
De novio muy espetado
Que á todo se contradice
Cuanto me quiere fingir,
Intentando no decir
Los disparates que dice
Que va de sí muy pagado
Cuando en la calle se ve,
Sólo de que le miré
Tres veces de medio lado.
Vengan, que á tiempo oportuno
Vendrán si vienen ahora.
GIBAJA.¿Cómo los traeré, Señora?
SERAFINA.Todos juntos, y uno á uno.
GIBAJA.Antes que esta ocasion pase,
¿Cómo dárseme no intenta
Una alhaja á buena cuenta?
SERAFINA.Gibaja, cuando me case.
GIBAJA.Advertid, que dar no es
Dar promesas semejantes:
La que no florece antes
Nunca da fruto despues;
Mas si un novio os persuade,
Que os he de vencer espero.
SERAFINA.Daros cien doblones quiero
Por un hombre que me agrade.
RAFAELA.Como esa promesa lleve
No pienso que irá contento.

GIBAJA.¿No tomaré porlos ciento?...
RAFAELA.¿Cuánto?
GIBAJA.   Los noventa y nueve.
SERAFINA.Yo soy firme.
GIBAJA.Como todas;
Y eso el tiempo lo dirá.
SERAFINA.Idos, que me cansais ya,
Perrito de todas bodas.
GIBAJA.Por esos desaires paso,
Serafina; mas por Dios
Que me he de vengar de vos.
SERAFINA.¿De qué manera?
GIBAJA.Si os caso.   (Vase.)
SERAFINA.Aunque como Adónis sea,
Ninguno me satisface.
Doña Matea ¿qué hace?
Sale DOÑA MATEA.
DOÑA MATEAAquí está doña Matea.
SERAFINA¿Era horade levantarte,
Señora hermana?
DOÑA MATEA   ¿Ya empieza
Vuesa merced á reñirme?
SERAFINA.Son ya las diez.
DOÑA MATEA.Cuando sean;
¿Tambien corno los vestidos
Me cuenta las horas?
SERAFINA.   Tenga
La muy... mucha cortesía.
DONA MATEA.¿La qué?
SERAFINA.   La muy escudera.
DOÑA MATEA.En nada soy yo segunda
Como en lo roto.
SERAFINA.   ¿Que quiera
Una nacida despues
Hablar como una primera?
Yo os entraré en un convento.
DOÑA MATEA.¿Qué religion más estrecha
Que su casa?
SERAFINA.   Y religion,
En que vos sois una lega.

DOÑA MATEA.Vuesarced es la entendida.
SERAFINA.Y vos lo pareceis.
DONA MATEA.   Esa
Fué una palabra mayor
Dicha en mi cara.
SERAFINA.   Y que sea;
¿Que?
DOÑA MATEA.Que no es vuesarced
Tan hermosa como piensa:
Si no fuera un poco vana,
¿Qué valía?
SERAFINA.   ¿Que se atreva
A manchar esta blancura?
DOÑA MATEA.
Es verdad, ¿quien se lo niega?
Pero advierta que las blancas
Se usan, porque son monedas.
SERAFINA.¿Pero cuándo se ha de usar
Lo feo?
DOÑA MATEA.   ¿Uced no pondera
Que no tengo gracia?
SERAFINA.   Sí.
DOÑA MATEA,¿Pues cómo puedo ser fea?
SERAFINA.Como ninguno la quiere,
Aunque de todos se prenda.
DOÑA MATEA.Por ahí tambien soy hermosa,
Por desdichada en finezas.
SERAFINA.¡Ay, que quiere ser tambien,
Como una persona mesma
Infeliz!
DOÑA MATEA.   ¿Si ella es mi hermana,
No quiere que infeliz sea?
SERAFINA.La de todos, no responda.
DOÑA MATEA.La de nadie, déjeme ella.
SERAFINA.¿Todos los hombres no dice
Que le agradan?
DOÑA MATEA.¿Quién lo niega?
Cada uno por algo es bueno;
Yo los quiero desde afuera
Por inclinacion, y hasta ahora

No ha habido quien me merezca.
SERAFINA.Esa es gran falta.
DOÑA MATEA.   Señora,
¿No hay algunas que se afeitan?
¿Otras no hay que hablan fruncido?
¿Otras no hacen reverencias
De saltillo? ¿No hay algunas
Que hablan culto? ¿No hay doncellas
Que la noche de San Juan
Escuchan lo que es vergüenza?
¿Hago yo estas candideces?
¿Incurro yo en falta dellas?
Querer a hombres es falta
De mujeres. Que yo tenga,
Adonde hay otras con tantas,
Una, es algo llevadera.
Ser inclinada á los hombres
Ni es liviandad ni flaqueza;
Este es un buen natural,
Y aunque algunos riesgos tenga
De pesarle á una mujer
Que no la estimen ni quieran,
Aunque pesa el desden tanto,
Vale el amor lo que pesa.
SERAFINA.¿Negarásme que los hombres
Son traidores?
DOÑA MATEA.   Que lo sean,
Que no han de ser mis vasallos.
SERAFINA.¿Que son falsos?
DOÑA MATEA.   Malos fueran,
Si á los hombres que estimára
Los quisiera por moneda.
SERAFINA.¿Y que no tienen palabra?
DOÑA MATEA.¡Ay, hermana, así tuvieran
Las obras!
SERAFINA.   ¿Podrás negarme,
Hermana, que en cuánto intentan
Son todos los hombres dobles?
DOÑA MATEA.Ansí durarán por peñas.
SERAFINA.¿Negarásme...

DOÑA MATEA.   ¿Negarásme
Que nos buscan, nos requiebran,
Que se arriesgan al desaire
Y que á la muerte se arriesgan?
¿Por algun hombre habrá muerto
Mujer alguna en pendencias?
¿Cuántos por ellas murieron?
Sus honras, vidas y haciendas,
Todas son de las mujeres.
SERAFINA.Y todas son de cualquiera.
DOÑA MATEA.Yo los quiero por la parte
Que me toca, que obedezca
Mi planeta me permite;
Benévolo es el planeta
Que a los hombres me ha inclinado;
Benévola fué la estrella
Cuyos influjos en mí
Me fuerzan.
SERAFINA.   Callad, Matea,
Que un convento ha de quitaros
Toda esa benevolencia.
DONA MATEA.Yo me he de casar, Señora.
SERAFINA.¿Con qué dote? ¿Habrá quién quiera
La nobleza por ajuar?
¿Pensais con vuestra belleza
Casaros? ¿O es que esperáis
La ventura de...
DONA MATEA.   La fea
Es sólo la presumida,
La hermosa es la que no piensa.
SERAFINA.Hola, llevadme esta hermana
Al segundo estrado.
DOÑA MATEA.Hoy fuera
Tan hermosa como tú.
SERAFINA.¿Cómo?
DOÑA MATEA.   Si fuera primera.
(Vanse.)

Salen GIBAJA y RAFAELA.

GIBAJA.¿No puedo ahora entrar?
RAFAELA.   Espera,
Y á mi ama avisaré;
Gibaja, ¿qué la diré?
GIBAJA.Dila que salga acá fuera.
RAFAELA.Famosa tarde ha de ser.
¿Los novios?
GIBAJA.Tú los verás.
RAFAELA.¿Cuántos son?
GIBAJA.No traigo más
De cuatro para escoger.
RAFAELA.¿Cuatro? pues voy á decillo.
GIBAJA.Dila tú que estoy aquí.
RAFAELA.¿Ansí no habrá para mí
Un novio del baratillo?
GIBAJA.¿Eres algo honesta?
RAFAELA.   Poco.
GIBAJA.¿Eres hacendosa?
RAFAELA.   ¿Yo?
GIBAJA.¿Eres bien nacida?
RAFAELA.   No.
GIBAJA.¿Tienes dinero?
RAFAELA.   Tampoco.
GIBAJA.¿Limpia?
RAFAELA.   Con sólo un vestido.
GIBAJA.¿Doncella podré decir?
RAFAELA.Ya eso es mucho pedir.
GIBAJA.No te faltará marido.
RAFAELA.Di, ¿cómo?
GIBAJA.   De buena masa.
¿Quieres más?
RAFAELA.   Si puede ser,
Que tenga mucho que hacer,
Y todo fuera de casa.
GIBAJA.Rafaela, como ahora
Anda la malicia lista,
Todos son novios de vista.

Salen DOÑA MATEA y SERAFINA.

SERAFINA.¿Es Gibaja?
RAFAELA.Sí, Señora.
DOÑA MATEA.Ver estos novios espero.
SERAFINA.¿Viene esa cuadrilla toda
De novios?
GIBAJA.Como á una boda.
SERAFINA.Pues entren.
GIBAJA.   Oye primero.
El que á visitarte agora
Entra, el primer pretensor
Sabe que es un regidor
De la ciudad de Zamora,
Que en el semblante y el modo
Extraño de su opinion
Le verás la condicion.
SERAFINA.¿Qué hace?
GIBAJA.   Se pudre de todo.
SERAFINA.Será muy entretenido.
Verle y hablarle quisiera.
GIBAJA.En esa antesala espera.
SERAFINA.Venga ese tonto podrido.
GIBAJA.Lo podrido en el color
De la cara se le ve.
SERAFINA.Llámale, acaba.
GIBAJA.   Si haré.
¡Señor don Márcos!

Sale DON MÁRCOS.

DON MARCOS.¡Señor!
RAFAELA.¡Jesús, qué hombre!
GIBAJA.   La gran doña
Serafina es la que veis.
DON MÁRCOS.¿Y es bien en hecho que se llame
Una entendida mujer
Serafina? Busque nombre
Que en la Letanía esté,
Confirmese Serafina,
Que yo no iré de hablar ni ver
A quien por el nombre extraño

La conozcan en Argel.
SERAFINA.Confirmaréme por vos.
DON MARCOS.Eso sí, confirmesé.
SERAFINA.Una silla al seor don Márcos.
(Van á llegarle la silla.)
DON MÁRCOS.Esperad, no la llegueis.
SERAFINA.Pues ¿por qué no quereis silla?
DON MÁRCOS.Linda pregunta: porque
Primero que me la arrastren,
Y primero que os poneis
En el estrado, y primero
Que estarnos ¿cuál ha de ser
El que ántes ha de sentarse?
Primero que os componeis
Las faldas, y yo me aplano,
Pongo la espada al revés,
Podrá otro hacer, muy cumplidas.
Cuatro visitas ó seis.
Usese, cuerpo de Cristo,
Cuando no sea menester,
Que el que no quiere sentado
Haga su visita en pié.
SERAFINA.No os sentéis.
DON MÁRCOS.   Ansí lo hago.
SERAFINA.¿Cómo estais?
DON MÁRCOS.   Otra vejez.
Que vean á uno sano y bueno
Y gordo, y aunque le ven
Colorado, le pregunten:
-¿Cómo está vuesa merced?
Y que te pregunte el otro:
-¿Y usted cómo está? Despues
Hasta preguntarse luégo
Por sus hijos y mujer.
Majadero, no preguntes
Lo que no quieres saber,
Que si es cortesano uso,
Es prolijidad cortés.
SERAFINA.No os he topado la nuca
De la lisonja.

DON MÁRCOS.   Tal vez
Hallo alguna que me agrade.
SERAFINA.¿No soy vuestra?
DON MÁRCOS.   No podéis;
Yo soy claro, perdonad.
SERAFINA.Pues ¿no me direis por que.
¿Qué os desagrada de mí?
DON MÁRCOS.Toda vos.
SERAFINA.   Grosero es.
DON MÁRCOS.Señora mía, no quiero
Yo para propia mujer
Una mujer muy hermosa;
Porque siempre pensaré
Que aunque ella mirar no quiera
Habrá quien la quiera ver.
El matrimonio se toma
Para el descanso, no es
Para cuidado; yo quiero
Traer para mi traer
Mujer de casa, ni fea
De manera que yo esté
Solicitando vecinas,
Ni hermosa tanto, que den
En mirarla mis vecinos;
Porque mi propia ha de ser
Para el gusto algo que fea,
Tambien hermosa algo qué,
Que yo solamente busco
Mujer para mi mujer.
SERAFINA.¿Luego yo soy muy hermosa?
DON MÁRCOS.Ya os entiendo; agora queréis
Que os alabe, y yo no alabo
Lo que yo no he menester.
Guardeos el cielo.   (Vase.)
SERAFINA.   Esperad.
¡Ha, don Márcos!
GIBAJA.   Ya se fué.
DOÑA MATEA.Este hombre me viene á mí
Cortado.
RAFAELA.   Pruébatele.

SERAFINA.¿Hay tal modo de pudrirse?
RAFAELA.No vi tal.
SERAFINA.   Pudriérame
Con sólo oirle: los hombres
Muy joviales han de ser,
Y han de ser poco podridos.
GIBAJA.Oyes, pues yo te traeré
Un contrario dese.
SERAFINA.¿Cómo?
GIBAJA.En el zaguan le dejé
De aquella casa: es un hombre
Que de cuanto escucha y ve
Se le da otro tanto, como
A ti se te ha de dar dél:
Ni de la hambre se aflige,
Ni le fatiga la sed,
Y es para él todo uno,
El tener y no tener.
No agradece á la fortuna
Lo que le sucede bien,
Pero ni della tampoco
Se queja aunque no le dé.
SERAFINA.Será un Demócrito éste,
Si fué un Heráclito aquél.
Llámele.
GIBAJA.   Por la ventana
Una seña le he de hacer.
Ya sube.
SERAFINA.   ¿Es el extremeño
Aqueste hombre?
GIBAJA.   El mismo es.
SERAFINA.¿De dónde es?
GIBAJA.   De Jaraicejo.
RAFAELA.¿Hidalgo?
GIBAJA.   ¿No lo ha de ser?
SERAFINA.¿Puntual?
GIBAJA.   Es extremeño.
RAFAELA.¿Y no es chor izo?
GIBAJA.   Tambien.
SERAFINA.¿No sube?

GIBAJA.   Ya entra en la sala.
¿Don Roque?
Sale DON ROQUE.
DON ROQUE.   ¿Quién ha de ser?
SERAFINA.Silla á don Roque.
(Vanle á llegar silla.)
DON ROQUE.   Sentado
Hablará un hombre á placer.
SERAFINA.Pero no lleguen la silla.
DON ROQUE.Muy bien dice; ¿para qué?
Sentado habla un hombre más
De aquello que es menester.
Vuestra merced, ¿cómo está?
SERAFINA.(Ap. Este es algo más cortés.)
Estoy á vuestro servicio,
Con poca salud; y usted,
¿Cómo se halla?
DON ROQUE.   Yo estoy
Como quisiereis que esté.
Mi Señora, el buen Gibaja
Dice que me quiere bien,
Y á vuestra casa me trae
A ver qué me pareceis.
Hermosa sois, vive Dios,
Y en el alma estimaré
Que me deis luégo la mano,
Si ha de ser mía después.
Yo he querido en este mundo,
Yo he sabido amar, y sé
Que es andar galanteando
Andar por el A, B, C.
Contento estaré de amaros,
Y de que luégo me ameis,
Mi Serafina, pagado,
Sobre contento, estaré,
Con que á un tiempo dos finezas
Juntas podré agradecer:
Que me deis la vida presto,
Y que también me la deis.
SERAFINA.Poco hablais, y compendioso

En lo que hablais; pero ¿quién
Puede conseguir el premio,
Sin costarle el merecer?
El servir y esperar cria
El mérito: ¿vos no veis
Que no merece mi amor
Quién no probó mi desdén?
Eso es juzgarme posible,
Señor don Roque; idos, pues,
Que no quiero yo por dueño
A quien...
DON ROQUE..   Al punto me iré.
¿Hase un hombre de morir
Porque vos no le quereis?
Aun tanto como premiarme
Os debiera agradecer.
SERAFINA.Finezas, no.
DON ROQUE.   ¿Y no es fineza?...
SERAFINA.¿Qué?
DON ROQUE.   Que me desengañeis.
SERAFINA.Sólo el que espera merece.
DON ROQUE.Pues digo que esperaré,
Como yo os merezca luégo.
SERAFINA.¿Cuánto?
DON ROQUE.   Un hora, dos y tres.
SERAFINA.No hay quien me merezca á mí.
¿No os vais ya?
DON ROQUE.   Razon teneis
¿He de andar queriendo yo
A quien no me quiere bien?
(Hace que se va.)
SERAFINA.Sois un grosero.
DON ROQUE.   Es verdad.
SERAFINA.Sois un prolijo.
DON ROQUE.   También.
SERAFINA.(Ap. ¡Que se vaya, y no lo sienta!)
¿No os vais? Oid.
DON ROQUE.   No me iré.
SERAFINA.¿Yo soy hermosa?
DON ROQUE.   Sí sois.

SERAFINA.¿Y os parezco bien?
DON ROQUE.   Muy bien.
SERAFINA.¿Y me querreis si os premiáre?
DON ROQUE.Como á mi vida os querré.
SERAFINA.¿Seréis constante?
DON ROQUE.   Sí soy.
SERAFINA.Pues agora que yo sé
Que me queréis, idos luégo.
DON ROQUE.Haceisme mucha merced.   (Vase.)
SERAFINA.No vi hombre tan desahogado.
GIBAJA.Es como yo le pinté.
DOÑA MATEA.La pachorra deste hombre
Para mi vale, pardiez.
SERAFINA.¡Jesus, que malos dos hombres
GIBAJA.Si al tercero quieres ver
Espérate.
SERAFINA.   ¿Y es de dónde?
GIBAJA.Natural de Cangas es,
Un lugar de la montaña
Y hijodalgo, como el Rey,
Del hábito de Santiago.
SERAFINA.¿Es galan?
GIBAJA.   No, pero áun bien
Que es viejo.
SERAFINA.   ¿Y es entendido?
GIBAJA.Echalo todo á perder
Con saber latín.
SERAFINA.   ¿Qué hace?
GIBAJA.Cuando te éntre agora á ver,
La mitad de lo que diga
No lo entenderás.
SERAFINA.   ¿Por qué?
GIBAJA.Estudió Filosofía,
Y Teología tambien
Ha estudiado en Salamanca,
Y sin que sepa por qué,
Hará en latin y romance
Una mezcla á dos por tres:
Y cuando está muy en ello,
Trae, sin qué ni para qué,

Un lugar de la Escritura,
Que venga ó no venga bien.
SERAFINA.Tonto sin saber latin
Nunca es gran tonto.
GIBAJA.   Está bien.
SERAFINA.Llámale.
GIBAJA.   ¿Verle deseas?
SERAFINA.Para reir le quiero ver.
GIBAJA.¿Seor don Pablo?

Sale DON PABLO.

DON PABLO.   Ecce quem amas.
SERAFINA.¡Raro hombre!
RAFAELA.   Un prodigio es.
DON PABLO.Aunque en esa cuadra há un hora
Que ha esperado mi deseo
Que vuestrosjustos desdenes
Diesen castigo á mi ruego,
Los doy por bien empleados
Pues tan grande fué el acierto,
Que sola vuestra hermosura
Es más que fué mi deseo.
Agradezco, hermosa dama,
La dilacion, y agradezco
Que salgais tan desdeñosa,
Cuésteme siquiera el veros
El deseo de esperaros;
Ni el pastor, ni el marinero
Agradecen que el sol salga
Sólo porque ven que presto
Ha de salir á alumbrar
Tierra mar y aire sereno,
Que ellos le estimáran más
Como el sol saliera ménos.
RAFAELA.Mientes, Gibaja, que este hombre
Es muy prudente y discreto.
GIBAJA.Vese ahora la labor,
Lo fondo es en majadero.
DON PABLO.Miedo tengo á vuestros ojos,

Y estimo lo que los temo,
Porque ansí espero alcanzar
Ser de vuestros ojos dueño.
SERAFINA.Niego que con el temor
Pueda alcanzarlo, supuesto
Que no puede el temeroso
Declarar sus sentimientos.
DON PABLO.Cuando se da la triaca
Para que sane el enfermo,
Porque obre eficaz, disponen
Que lleve el tósigo dentro,
Y es que se ya al corazon
El tósigo, y aunque es cierto
Que él destruye, porque lleva
A la triaca á hacer su efecto,
A la parte donde va
Da la vida, y ansí hay tiempo
Que para la vida suele
Ser medicina el veneno
Asentada esta experiencia
Agora escucha el ejemplo.
El tósigo es el amor
Que mata al merecimiento,
Mas como lleva consigo
La triaca del respeto,
La atencion, la desconfianza
Que son del mérito efectos,
Él no inficiona, ellos obran,
Él cesa, y merecen ellos.
Que aunque traia el temor
De aquel tósigo, en él mesmo
Estaba por ingrediente
El mismo contraveneno.
Pues si del temor suceden
Atenciones y respetos,
Luego es sólo aquel que teme
Quien tiene merecimiento.
SERAFINA.Bien habla.
GIBAJA   Para la postre
Debe de dejar lo bueno.

DOÑA MATEA.Mucho sabe para ser
De capa y espada.
SERAFINA.   Cierto
Que es lástima, y que ese talle,
Esa ciencia, ese despejo,
Con tal sangre hayan estado
Tantos años sin empleo.
¿De dónde sois?
DON PABLO.   Soy de Cangas.
RAFAELA.¿Qué hacienda?
DON PABLO.   Poca, por cierto;
Pero soy muy bien nacido
Por el hábito que tengo.
SERAFINA.¿Por el hábito se sabe?
DON PABLO.¿Quis est ista?
GIBAJA.   Volaverunt.
SERAFINA.Es mi hermana.
DON PABLO.   ¿Y es doncella
SERAFINA.Y lo será.
DON PABLO.   Más es eso;
Luégo conocí que era
Vuestra hermana.
SERAFINA.¿En qué?
DON PABLO.   Eso es bueno,
En que se parece á vos.
SERAFINA.¿Sois corto de vista?
DON PABLO.   Nego.
SERAFINA.Miradme bien.
DON PABLO.   Se os parece.
SERAFINA.Sois un grande majadero.
DON PABLO.Domina, nescio quid dicis.
SERAFINA.Mejor decís, sois un necio;
¿Por qué habeis de comparar
Conmigo, siendo yo objeto
De vuestro amor, otra luz?
DON PABLO.Verbi gratia.
SERAFINA.   Ya no quiero
Oir ejemplo ninguno.
GIBAJA.Oyele.
SERAFINA.   Decidle presto.

DON PABLO.¿La luna no se parece
Al sol? ¿El sol no es más bello
Que la luna? ¿Pues qué importa
Que ella le imite, supuesto
Que ha de arder con luces tibias
Cuando él con rayos serenos?
Matea, ergo quid interest,
Ut sit tuæ lucis exemplum,
Si sunt tua radia solis
Et sunt lunæ radia ejus?
Doña Matea, ¿qué importa
Que sea de tu luz ejemplo,
Si son sus rayos de luna
Y son los del sol los vuestros?
SERAFINA.¿Y qué dirán las estrellas
De Madrid, de que consiento
Que sea luna?
DOÑA MATEA.   ¿No me basta
La infelicidad que tengo
De ser ejemplo de luna,
Sino que áun no lo merezco?
SERAFINA.Por ser luna llena, solo
Quereis ser luna.
DOÑA MATEA.   Yo apruebo
Serlo, siquiera en menguante.
DON PABLO.Bene dixit.
SERAFINA.   Yo padezco
Con esta hermana segunda
Lo que no es posible, y pienso
Poner órden.
DONA MATEA.   Orden no;
Matrimonio es lo que quiero.
SERAFINA.No lo espereis.
DON PABLO.   De san Pablo
Viene aquí un lugar á pelo.
SERAFINA.Echame de aquí, Gibaja,
Este hombre.
GIBAJA.   Oye primero
El lugar que es de san Pablo.
DON PABLO.Y en la Epístola ad ephesios.

SERAFINA.Adefesios lo hablais todo;
Idos de aquí.
DON PABLO.   Iam obedior.
¿Un lugar de la obediencia
No me oireis?
SERAFINA.   ¡Viven los cielos!
Si no os vais...
DON PABLO.   Airala est.
SERAFINA.Que os dé muerte.
DON PABLO.   Timeo et co.
¿Me querreis?
SERAFINA.   Si me dejáis.
DON PABLO.¿Y cuándo volveré a veros?
SERAFINA.En estudiando romance.
DON PABLO.Mirad...
SERAFINA.   Ni escucharos quiero.
DON PABLO.¿Quare, cur, quoniam vel quia?
SERAFINA.¿Qué hombre es este, santo cielo?
Idos, don Pablo, por Dios.
DON PABLO.Voime, pues.
SERAFINA.   Presto.
DON PABLO.   Laus Deo.
(Vase.)
SERAFINA.Mareada quedo, Gibaja.
GIBAJA.Yo te pondré en tierra presto.
DOÑA MATEA.¡Lo que este hombre enseñaria
A su mujer!
SERAFINA.Muerta quedo.
¿Es el que queda como éste?
GIBAJA.Antes es destotro extremo,
Que ni sabe hablar latin
Ni romance.
RAFAELA.   ¿Qué sujeto
Es él?
GIBAJA.   Oye, por tu vida,
La pintura.
SERAFINA.   Dila.
GIBAJA.   Empiezo:
El que en ese patio espera
A visitarte el postrero,

Sabe que es un caballero
Natural de Talavera,
Principal y de buen pelo,
Abultado de persona,
Y trae lenguaje y valona
Dos ó tres dedos del suelo.
El talle un poco grosero,
Cintura de tomo y lomo;
Lo que es el zapato, romo,
Pero aguileño el sombrero.
Trae daga larga despues,
Muy puesta á lo de Sevilla,
Cortos brahon y ropilla
Y el ferreruelo á los piés.
Postura de hacer desdenes,
Crudeza de dar enojos,
El bigote hasta los ojos,
Y la oreja hasta las sienes.
Asustado de color,
Crudo un lado, otro cocido;
Esto es cuanto á lo vestido,
Mas lo pariado es peor.
SERAFINA.¿Cómo habla?
GIBAJA.   Por varios modos
Te hablará si le escucháres,
Con estribillos vulgares
Dél solo, con ser de todos.
SERAFINA.¿Son refranes?
GIBAJA.   No lo son,
Estribillos son no más.
SERAFINA.Di cómo.
GIBAJA.   ¿No le oirás?
El talle y conversacion
Te ha de dar gran gusto.
RAFAELA.   Y di,
¿Son las que habla necedades?
GIBAJA.Son unas vulgaridades
Destas que hablan por ahí;
Y si el estilo te agrada,
El sujeto no es muy malo.

SERAFINA.Éntre.
GIBAJA.   Ha, señor don Gonzalo!

Sale DON GONZALO, vestido como se pinta.

DON GONZALO.Como quien no dice nada.
(Mírala.)
¡Oiga el diablo!
RAFAELA.   ¡Gran figura!
(Vase.)
DON GONZALO.Mi Señora, por Dios santo,
Que sois esto y otro tanto
Más que ninguna hermosura;
Matante de las del ampa
Sois con vuestro rostro bello;
Pues vuestra blancura, es ello,
Pues vuestro talle ¡ya escampa!
Señora (vaya conmigo)
A fe, á fe, que por lo airosa
Sois para mí mucha cosa;
Pues ¡qué ojos!... no sé si digo;
La frente, por lo serena,
No la puede hacer cerrada;
¿Pues la boquilla? no es nada;
¿Pues la nariz? la ha hecho buena;
Las manos, como cristiano,
Que si igualar las quisiera,
Han de ganar á cualquiera
Por diez dedos y las manos;
Es para volverse loco
Si un hombre á veros comienza:
La honestidad, es vergüenza;
¿Será malo el pié? ¡y qué poco!
El cabello, lo primero,
Cosa de admirarlo grave;
Pero lo que no se sabe
Cuál será, ansí me lo quiero
DOÑA MATEA.Discreto es; en todo toca.
SERAFINA.¡Los desaliños que entabla!
DON GONZALO:¡Oigan! Vive Dios, que el habla

La tiene á pedir de boca.
SERAFINA. (Ap.)En su genio, he de intentar
Despedirle.
DON GONZALO.Hablad, por Dios.
SERAFINA.Señor don Gonzalo, vos
Hablais, que no hay más que hablar;
Genio tal, y de tal casta,
¿Ahí se topará en quien quiera?
¡Mas para la vez primera,
Ya habeis dicho lo que hasta;
Yo os doy palabra, que cuando
Un dueño, un amante nombre,
Procuraré haceros hombre.
DON GONZALO.¿Me quereis?
SERAFINA.   Eso burlando;
Y voime miéntras se guisa
La boda.
DON GONZALO.   En fin, dueño bello,
¿Qué me quereis tanto dello?
SERAFINA.Todo eso es cosa de risa
Ven Gibaja.
GIBAJA.   Aquí te espero.
¿Qué te parece?
SERAFINA.   Muy malo.
DOÑA MATEA.¿Ves? pues tiene el don Gonzalo
Gracia por lo majadero.
DON GONZALO.Ahí se topará en la calle
Moza como vos.
SERAFINA.   No á fe.
DON GONZALO.¿Y mi talle es algo que...
Responded.
SERAFINA.   ¡Qué lindo talle!
DOÑA MATEA.Digo que se da á querer.
SERAFINA.Todos serán mis despojos,
Nada habeis dicho á mis ojos.
DON GONZALO.Los ojos son para ver.
SERAFINA¿Cómo os sentís?
DON GONZALO.   Como ciego
SERAFINA.¿Es de mirarme?
DON GONZALO.   ¿Pues no?

SERAFINA.¿Qué os aflige?
DON GONZALO.   Un qué sé yo.
SERAFINA.¿Es dentro del alma?
DON GONZALO.   ¡Fuego!
El rastrillo es de matar.
SERAFINA.¿Vais enamorado?
DON GONZALO.   ¡Pus!
SERAFINA.Idos, y vedme.
DON GONZALO.   Ahora ¡sus!
SERAFINA.Ven, Matea, adíos.
DON GONZALO.   ¡Andar!

Sale DON ROQUE.

DON ROQUE.Esta es la Cava Baja,
Y esta ha de ser la casa de Gibaja;
A las ocho me ha dicho que me espera
Dentro en su casa, y preguntar quisiera,
Puesto que hablarle espero,
Si es el suyo este cuarto; llamar quiero;
¡Ha de casa!
(Dentro una criada.)
CRIADA.   ¿Quién es?
DON ROQUE.   Ya han respondido;
¿Posa aquí el seor Gibaja?
CRIADA.   Ya ha salido.
DON ROQUE.¿Dónde, Señora mía?
CRIADA.A la plaza, y ya dijo que volvía.
DON ROQUE.¿Ya ha salido á casar tan de mañana?
CRIADA.Entre, y siéntese usted
DON ROQUE.   De buena gana

(Entra por una puerta y sale por otra.)

El cuarto es por cierto acomodado
Si no estuviera tan desmantelado;
Sillas, bufete y cama; mal lo pasa
Debe de dar su ajuar á los que casa.

Sale DON MÁRCOS.

DON MÁRCOS.Segun soy desgraciado,
Sin duda que Gibaja me ha casado
Que madrugue y le vea me ha pedido
Dentro en su casa, doime por marido
porque á llamarme no se atreveria
Sabiendo que me visto a mediodía;
Pero agora sabremos lo que pása
Si está en casa Gibaja.
DON ROQUE.   No está en casa,

Agora ha de venir.
DON MÁRCOS.   Pues yo le espero.
Sale DON PABLO.
DON PABLO.Pax Christi, ¿posa aquí un casamentero?
DON ROQUE.Señor, si.
DON PABLO.¿Para qué me habrá llamado?
DON MÁRCOS.Mucho tarda, ¿qué va que se ha mudado?
Sale DON GONZALO.
DON GONZALO.Él me dijo que aquí; venga á esperalle
Este el cuarto ha de ser, no hay sino dalle.
DON ROQUE.Pues sillas hay, se siente el que quisiere.
(Siéntanse.)
DON PABLO.Sede apud mihi.
DON MÁRCOS.   ¿Que haya quien espere?
DON ROQUE.¡Lindo tiempo!
DON PABLO.   Gustoso para todos.
DON MÁRCOS.¡Oigan esto, y Madrid lleno de lodos
¡Que no habiendo que hablar, se haya dado
En que lo pague el tiempo de contado!
DON ROQUE.¡Cuál ha estado la plaza hoy de gente,
Y hecha un jardín de fruta diferente!
DON MÁRCOS.Llegue á comprar de una frutera astuta,
Y verá lo que lleva de la fruta.
DON ROQUE.¡Oh gran Madrid!
DON MÁRCOS.   Este hombre se endemonia.
DON PABLO.Todo el Tu autem es, eso per omnia.
DON ROQUE.Lo que alabar querria
De Madrid, sólo es la ropería,
Donde por su dinero,
A cualquier forastero
De roperos le viste una cuadrilla,
Desde las medias hasta la golilla;
Y lo que es más, como dinero tenga,
Se lo ajustan, que venga que no venga.
DON MÁRCOS.No está muy bien cortado el tal vestido;
Pero lo que es cosido, ni cosido.
DON GONZALO.La opinion que yo llevo,
Es que á uno le ponen como nuevo.
DON ROQUE.Oigan otro prodigio.
DON PABLO.   ¿Quid?

DON GONZALO.   No es nada.
DON ROQUE.En la plaza verán de la Cebada,
Sin otras cosas que por raras dejo,
Unas tiendas que hay de hierro viejo,
Que son tiendas movibles que allí vienen
Y no vale seis reales cuanto tienen;
Y el mercader desta cerrajería
Almuerza, come y cena cada día,
Aunque muy poco venda,
Él, su mujer é hijos, con la tienda.
DON PABLO.Siempre veo estas tiendas, á fe mia,
Corrientes con igual mercadería;
Siempre están con lo mismo cuando llego.
DON MÁRCOS.Lo que se compra allí se arroja luégo.
DON ROQUE.Y es fuerza que uno destos se lo halle.
DON MÁRCOS.A la noche lo buscan por la calle.
DON ROQUE.Pues en los ojos no hay engaño alguno,
Mire bien lo que compra cada uno.
DON MÁRCOS.Pues eso es lo que á mí me trae podrido;
Que no hay cosa que sea lo que ha sido.
Panecillos de suela fregenales.
En las tiendas los venden por candeales;
Y en todas las tabernas de continuo
Agua de espuma con color de vino.
En el figon un par de gorriones
Empanados en forma de pichones,
¡Y que no pueda un hombre
Comprar las cosas todas por su nombre
Que si para sacar un vestidillo
Pide en la tienda tafetan sencillo,
Para que el mercader noseme inquiete,
He de llamarle tafetan doblete;
Y como sufro al tafetan sencillo,
Si pido esparragon, es rayadillo,
Que la quieren hacer tela más noble,
Y ha de ser ormesí el tafetan doble.
Si pido guarnicion un poco extraña,
Dicen: ¿Quiere llevar pata de araña?
Y a un pasamano que hay del tiempo viejo
Dicen: ¿Quiere de diente de conejo?

En oyendo estos nombres en su prosa
Yo pienso que me venden otra cosa.
DON ROQUE.Eso es muy fácil cosa remediallo.
DON MÁRCOS.Diga cómo y lo haré.
DON ROQUE.   Con no comprallo
DON GONZALO.Ande en pelota.
DON MÁRCOS.   Harto mejor seria
Por no vestirse un hombre cada dia.
DON ROQUE.Miren que linda criatura
Ya por la calle.
(Miran á la calle.)
DON GONZALO.   Allá va.
DON MARCOS.Abobadilla es un poco,
Y yo para mi caudal
Algo entendida quisiera
Y no hermosa de matar.
DON PABLO.No decís bien.
DON MÁRCOS   Bien arguye.
DON PABLO.Sic argumentor.
DON MÁRCOS.   Hablad.
DON PABLO.La hermosa cuatro sentidos
Aprovecha, pues verán
Que el tacto, la vista, el gusto,
Y el olfato, cada cual
Agradece cuanto logra;
Y es muy grande necedad
Dejar á cuatro por sólo
Un sentido corporal,
Pues es la entendida y fea
Para el oído no más.
DON MÁRCOS.La hermosura de una vez
Se goza; mas nadie ha
Gozado al entendimiento
De una vez sola no más
El oído es un sentido
Del alma, y por ella van
Las pasiones de la lengua
A hacerse en ella lugar.
Él siempre es otro, y ella es
Siempre una, ¿pues quién querrá

Con diferente apetito
Comer siempre de un manjar?
DON PABLO.Quien ama, por conseguir
Es por lo que ama, que no hay
Quien adore por oír
Aquello que amándo está.
Los deseos son los hijos
Del amor: quien sabe amar
Solicita merecer,
Y quien merece querrá
Conseguir; que el conseguir
Es premio del desear.
¿No son decentes los ruegos?
La esperanza, ¿quién dirá
Que no es lícita? pues ambas
Aspiran á la beldad.
Con oirla solamente,
Ninguno conseguirá
Una belleza, que esotros
Sentidos la han de gozar.
Luego no habiendo belleza,
No habrá amor. Luego será
Mejor, necia, la hermosura,
Que discreta la fealdad.
DON ROQUE.¡Qué bien dice!
DON GONZALO.					Concluyóle.
DON MÁRCOS.Sólo esto me ha de enterrar;
¿Que haya tantos que se paguen
Sólo del ruido no más,
Sin entender la razon?
DON ROQUE.Dice bien.
DON MÁRCOS.				Pues escuchad.
Aquel que ama una belleza,
Si la desea gozar,
No ama la misma hermosura
Que á sí se quiere no más.
Por conseguir quiere sólo;
Quien sólo por adorar
Quiere á su dama, éste quiere
Con fineza y con verdad;

El que todos los sentidos
Solicita aprovechar,
Quiere el interes del gozo;
El que con amor mental
Del oido se aprovecha,
Ama sólo por amar;
Pues si la hermosa ha de hacerme
Grosero en el desear,
Será mejor la entendida,
Pues tiene más calidad
Amor que será por ella
Que amor que por mi será.
DON PABLO.¿Luego no puede quererse
Gozando?
DON ROQUE.   Si puede tal.
DON MÁRCOS.Más se debe á aquel que quiere
Por querer.
DON ROQUE.   No dice mal.
DON PABLO.¿A cuál quisiérades vos?
DON GONZALO.Yo á la hermosa, voto á san.
DON MÁRCOS.¿Y vos á cuál estimárais?
DON ROQUE.Yo á entrambas, por variar.
DON PABLO.Querer lo que se ha gozado
Es más firmeza.
DON ROQUE.   Es verdad.
DON MARCOS.Más fineza es que yo adore
Lo que es imposible.
DON ROQUE.   Más.
DON MÁRCOS.Don Demócrito del diablo,
¿Quiérenos usted dejar?
DON PABLO.Taceas por amor de Dios.
DON GONZALO.Déjelos usted allá
Decir verbos.
DON ROQUE.   Muy bien dicen.
DON MÁRCOS.¡Fuego en hombre temporal!
DON ROQUE.Yo soy un...

Sale GIBAJA.

GIBAJA.   Paz sea en mf casa.

DON MÁRCOS.¿Y en otras no quiere paz?
GIBAJA.Señor donRoque...
DON ROQUE.   Gibaja.
GIBAJA.Don Gonzalo...
DON GONZALO.   Pésia tal.
GIBAJA.Don Pablo...
DON PABLO.   Idem per ideo.
GIBAJA.Don Márcos...
DON MARCOS.   ¿Era hora ya?
Dos pesadumbres me hicisteis
A un tiempo.
GIBAJA.   ¿No sé yo cuál?
DON MÁRCOS.Hacerme que madrugase,
Y hacerme luego esperar.
GIBAJA.De los cuatro necesito.
DON MÁRCOS.Aquí están todos, hablad.
DON PABLO.Decid, si hablar nos quereis,
Insolidum, ó a la par.
GIBAJA.Todos juntos.
DON ROQUE.   Sea á espacio.
DON MÁRCOS.Sea aprisa.
DON ROQUE.Mejor será.
GIBAJA.Ya os acordais de aquel día
En que con tranquilidad
Quisisteis de una belleza
Todo el piélago sondar;
Y que os volvisteis los cuatro
Huyendo de un huracan
Que levantó el desengaño
De la hermosura en el mar.
DON MÁRCOS.Es ansí.
GIBAJA.   Tambien sabeis,
Que de por sí á cada cual
Le llevé á pesar el sol
De Serafina.
DON MÁRCOS.   Acabad,
Y saltemos á la orilla,
Que yo me empiezo á marear.
GIBAJA.Volví á la India de amor
Con intento de doblar

De Buena Esperanza el cabo
Y hallé borrascoso el mar,
Porque la gran Seralina...
DON GONZALO.Yo he sabido días há...
GIBAJA.¿Qué?
DON GONZALO.   Que es cruel por el cabo.
DON ROQUE.¿Hay más de no navegar?
DON PABLO.¿Qué dijo de mí?
GIBAJA.   De ti
Dijo bien poco, no más
De que era, tonto en latin
Y que, cómo sufrirá
Sin propósito y sin tiempo
Un lugar sin más ni más.
Y que te buscára quien
Te supiese acepillar,
Que estabas un poco basto,
Y que no se ha de prendar
De un hidalgote de Astúrias
Y que, quien sazonará
Amor, especie en Corito
Con su puntas de patan.
DON GONZALO.¿Y de mí?
GIBAJA.   De tí algo ménos;
Dijo, que el oirte hablar
Era cosa muy molesta
En términos de rufian;
Mas tambien volvió por tí
En una cosa.
DON GONZALO.   ¿Dí cuál?
GIBAJA.Dijo que si te pusieran
Un hombro con otro igual,
Te bajáran la cabeza
Cuatro dedos más atras;
Si te bajáran el talle
Un palmo, y al rematar
Te le adelgazasen otro,
Si te pudiesen trocar
Los piés donde están las piernas,
Y ellas donde ellos están,

Dijo que en toda la córte
No habría hombre más cabal.
DON ROQUE.¿Y de mi?
GIBAJA.   De tí me dijo
Que eras hombre temporal,
¿Y que para qué son buenos
Hombres de tanta bondad?
Que por qué se ha de dar ella
Con toda su voluntad
A quien no se le da nada
De aquello que se le da.
Pero del señor don Márcos
Me dijo, que estaba el tal
Muy podrido, y que se fuese
A Anton Martin á curar.
DON MÁRCOS.¿Tanto me pudrí por ella?
¿Dije yo, pesia la tal,
Que por qué trae las pechugas
Abiertas de par en par?
¿Lo escotado de la espalda
Pudríselo con mirar
Por la espalda hasta la punta
Que era dama de canal?
¿Pudríme de verla blanca
Con que para mí no hay
Tela que ménos me vista
Que se mancha con mirar?
¿Pues de qué me pudro? Oh pesia,
Quien la vé desengañar
Si me pudrí de lo ménos,
Y si he callado lo más.
DON ROQUE.Cúlpame á mí de que solo
No me pudrí, y os quejais;
Si supiera que no hice
Más caso de su deidad
Que hice de su desden,
¿Qué pudiera decir más?
¿Qué dijera si supiera
Que no se me diera un real
De hallarla agradable, hermosa,

O fea y perjudicial?
Y, en fin, de que no me quiera
¿Qué dijera, á saber ya
De que hoy se me daba aquí
Lo que ayer se me dió allá?
DON GONZALO.Cúlpame tambien á mí
Mi estilo por más vulgar
Con que la dije: Señora,
Premiad mi deseo, y zas;
Y viendo la sal con que hablo,
Acaso dijera más
De que era para mí todo
Cuanto hablaba un papasal,
Pues diga lo que dijere,
Que yo lo he pensado mal,
O es querer roer el lazo
El no quererse casar.
DON PABLO.¿Pues yo que la hablé en latín?
Si la dijere un lugar
De los Cantares, que casi
Se le estuve por cantar;
Si la dijera tambien,
Cuando la vi titubear,
El nescitis quid petatis,
Que era cosa natural;
Pero un lugarcillo ó dos
Despoblados, que serán
Como los de la montaña,
Lugares sin vecindad.
¿Qué te hacen á esta señora,
Pregunto á cuántos están
Oyéndome? ¿Dios no dijo
Por su boca, si en Dios la hay
Crescite et multiplicamini,
Creced y multiplicad?
Para que se multiplique
Se casa uno, y para más.
Pues pregunto, ¿los latines
Causan esterilidad?
Y cuando venga á ser vieja,

Diga ¿cuánto estimará
Saber un par de latines
Que yo la podré enseñar?
¿Llévola alguna ventaja
En saber latín? dirá
Que hablándola en esta lengua
No me entenderá jamás.
Yérrase, que una ventaja
He llegado á confesar,
Que al más entendido lleva
La mujer que es más bozal
Que aunque un hombre le hable idiomas
El que quisiere inventar,
Le entenderá una mujer;
Pero él no la entenderá
Si ella no quiere, aunque hable
En su idioma natural.
GIBAJA.A gran daño, gran remedio;
Ea, Señores, amolad
Los ingenios, que por Dios
Que ha de haber bien que cortar.
Sabed que en otra locura
Ha dado esta perenal.
DON MÁRCOS.Decid qué es.
GIBAJA.   Dar cada dia
De audiencia una hora cabal.
Cuantos amantes vinieren
A pretender, la tendrán
Audiencia; pero el despacho
De todos siempre es igual,
Agora de nueve á diez
En la antesala estará
De su casa despachando
Lindos á todo juzgar;
¿Está alguno de los cuatro
Herido del Dios rapaz,
Que es lenguaje de poeta?
¿Díganme ustedes cuál
Está enamorado, ó quién
Bien hallado está no más,

Que es lenguaje de quien no
Quiere decir que lo está?
Ea, ¿no me respondeis?
Entre los cuatro no hay
Amante? que agradecido
Yo sé bien que no le habrá.
En la lengua de Gonzalo
Lo diré, ¿pues no me hablais?
¿Díganme cuál de los cuatro
Tiene...
DON GONZALO   Decidlo.

GIBAJA.   Pañal.
DON MÁRCOS.¡Quién? el que tuviere amor;
Pues es niño. le tendrá,
Que yo la quiero por tema.
DON PABLO.Ego quoque.
DON GONZALO.   Yo no más
De porque ella no me quiere
Doy suspiros cual y cual.
DON ROQUE.Yo si me ama la querré,
Si no, no me he de matar.
GIBAJA.¿Quereis los cuatro...
DON ROQUE.
Queremos.
GIBAJA.¿Todos de conformidad
Ir á la audiencia de amantes?
DON MÁRCOS.¿Y qué hemos de hacer allá?
GIBAJA.Ahora lo diré: los cuatro,
Si es que pretendeis triunfar
Con el ruego y con el tiempo
Desta dama pertinaz,
Habeis de mudar estilo.
Vos, Señor, aunque os pudrais,
Os pudrid hácia allá dentro,
Sufrid y disimulad
Por lo que bien os parece
Lo que os pareciere mal.
Seis mil y seiscientas leguas
Tiene el mundo, imaginad

Que por mucho que enmendeis,
Os queda más que enmendar.
Y vos, mi señor don Roque,
Que seais importará
Ni tan Demócrito en todo
Que os riais de cuanto hay,
Ni tan don Márcos tampoco,
Que un Heráclito seais;
Vos don Gonzalo, mi amigo,
El bajo estilo dejad,
Dejad estos estribillos
En quien naide se vendrá;
Y pues sois de Talavera,
Donde hablan tan bien, hablad
Un poco más vidriado,
Y pintado un poco más.
Y vos, el señor don Pablo,
Cuando vais á enamorar
A las damas, no en latín
Porque no os entenderán,
Ni áun en romance, sino
Hay en el lenguaje, real;
Y ansí mudando el estilo
Todos cuatro faz a faz,
Delante de Serafina
Os aconsejo que vais;
Porque un ardid he pensado
Con que la he de hacer andar
Tras los cuatro, sin saber
Más de que quiere, y no á cual.
¿Daisme palabra los cuatro
De dejaros gobernar,
Y hacer lo que yo os dijere?
DON MÁRCOS.Yo la ofrezco.
DON PABLO.   ¿No contais
El ardid?
GIBAJA.   Vereisle presto;
Que la he de vencer fiad.
DON MÁRCOS.No por amor, por venganza
He de hacer lo que ordenais,

Sin pudrirme exteriormente;
Pero interior, perdonad.
DON ROQUE.Yo ofrezco no contentarme
Si no es de verla penar.
DON GONZALO.Y yo ofrezco dar un corte
En el modo de mi hablar.
DON PABLO.Yo hablaré como en desierto,
Por no tocar en lugar.
GIBAJA.¿Mudaréis de estilo?
DON GONZALO.   Sí.
GIBAJA.Pues á esta sala os pasad,
Que ha de escribir cada uno...
DON MÁRCOS,Decidnos qué.
GIBAJA.   Un memorial
DON ROQUE.¿Para Serafina?
GIBAJA.   Si,
Ninguno se ha de enojar
De ver al otro premiado.
DON GONZALO.Yo lo ofrezco ansí.
GIBAJA.   Jurad.
DON MÁRCOS.Yo lo ofrezco.
DON ROQUE.   Y yo lo juro.
DON PABLO.¡Oh quam jocundum será
Fratres habitare in unum!
GIBAJA.¿Qué es esto, no lo dejais?
DON ROQUE.¿Que bien dijo?
GIBAJA.   Vos tampoco.
DON GONZALO.¿Era barro?
GIBAJA.   ¡Hay tal porfiar!
DON MÁRCOS.¡Que no sean consistentes!
¿Quién se ha de querer juntar
Con hombres para tan poco?
GIBAJA.¿Y esa no es pudrirse?
DON MÁRCOS.   ¿Hay tal?
Tú verás la enmienda.
DON PABLO.   Tú
Otro hombre has de ver.
GIBAJA.   Entrad
Guerra contra Serafina.
DON MÁRCOS.Tú nos has de acaudillar.

DON ROQUE.¿Eres soldado?
GIBAJA.   Helo sido.
DON PABLO.¿Dónde?
GIBAJA.   Luégo lo sabrán.
DON GONZALO.Los casamenteros sirven
En la guerra del casar.
(Vanse.)

Salen SERAFINA, DOÑA MATEA Y RAFAELA.

RAFAELA.¿Tu recato y tu prudencia,
En esta locura dió?
SERAFINA.¿Han dado las nueve?
DOÑA MATIZA.   No.
SERAFINA.No es hora de hacer audiencia.
DOÑA MATEA.No haces mayor tu deidad
Con caprichos semejantes;
Dar una audiencia de amantes
Es cosa nueva.
SERAFINA.   Es verdad
Si mi desden los condena
No quiero mayor victoria,
Pues vengo á lograr la gloria
De verles sufrir la pena.
En esta contienda y lid
De amantes, triunfar espero,
Y por el capricho quiero
Hacerme rara en Madrid.
RAFAELA.Con mal trato y peores modos,
Habrá alguna por constante
Que engañe uno y otro amante;
Mas no quien los burle todos.
SERAFINA.¡Que es ver unos figurones
Requebrar muy ponderados,
Con vocablos estudiados
Afectando las razones!
Cuando me asomo al balcon,
¡Que es ver al que me se inclina,
Requebrar desde una esquina
Tentándose el corazon!

¿A quién mil canas no quita
Ver, cuando está enamorado,
A uno muy tierno y barbado
Echar una lagrimita?
Riome con gran consuelo,
Cuando sus ternezas miro,
De otros que aman de suspiro
Con miradura de cielo.
Pues si voy á lo partado,
Tendremos materia harta
¡Las necedades que ensarta
Uno que está enamorado
Ayer un amante orate
Mi mano alabó por bella;
Pero a cada dedo della
Le dijo su disparate.
Otro á la mano otra vez
Dijo, fingiendo pasiones,
Que en el picar corazones
Era mano de almirez.
A mi boca otro menguado
Dijo (con frialdad no poca):
«Cada labio desa boca
Es un bocaci encarnado».
A mi pelo, sin recelo,
Dijo un calvo muy de veras,
Que para hacer cabelleras
Tenia extremado pelo.
Dijome otro con pasion:
«Guardad esos dientes bellos,
Serafina, que con ellos
Me mordeis el corazon».
Y áun estos son los mejores,
Si á oirlos te persuades,
Los que no hablan necedades
Son quien las dice mayores;
Cuando alguno me contente,
Si le procuro escuchar,
Al punto empieza á llamar
Campo del amor mi frente.

Luégo un divino arrebol
Mi cabello da en despojos,
Luégo que mis negros ojos
Le dan dos higas al sol.
Que porque no le hagan mal,
Cuando competirlos ves,
Dicen, que mi nariz es
Un montate de cristal.
Mis cejas, si este ha alabado,
Son instrumento de un Dios
Desde cuyos arcos dos
Dispara, flechas, vendado.
Si dientes, y boca aquel,
Verá el que quiera cogerla,
Suelta tanta de la perla,
Listo tanto del clavel.
La garganta no es cuestion
Que es pasadizo de nieve
Por donde a subir se atreve
Por la boca el corazon.
Y ansí, Rafaela, sabrás,
Que mi constancia te avisa
Que el que habla mal, me hace risa,
Y el que habla bien, me hace más.
Con verlos, de su amor luégo
Se hace dueño mi desden,
Y con oirlos, tambien
Vengo á triunfar de su ruego.
No viene á ser castigarlos
No oirlos, ni verlos jamás;
Sólo es castigarlos más
Oirlos, verlos y dejarlos.
RAFAELA.Daránte eternos renombres;
¡Lindo gusto de mujer!
DOÑA MATEA.¿Qué gusto puede tener,
Quien quiere mal á los hombres?
Á un hombre de lindo talle,
Di, ¿quién sabe hacer desprecio
De verle pisar tan recio
Que desempiedra la calle?

Con recato y con decoro,
Cuando empuñan el rejon,
¿Quién no cobrará aficion
Á un hombre que mata á un toro?
¿Qué mujer no cobra amor
A aquel que en lid concertada
Obra con la negra espada,
Y con la blanca-mejor?
Si el oirlos te da enojos,
¿Por qué ha de ser permitido
Que eche a perder el oido
El crédito de los ojos?
Que mientan es más blason
De la que quiere y suspira,
Cuando pasa la mentira
Plaza de satisfaccion.
Al que no teme, tambien
Le puedes recompensar
Lo que le llega a costar
Fingir que te quiere bien.
Los que son falsos amantes
Que no han de vengarse ves
Por mucho que hagan despues
De lo que sufrieron antes.
Quien no te quiere ofender,
Y contigo está contento,
De uso, y no aborrecimiento
Solicita otra mujer.
¿Pues por qué se ha de enojar
El que tuyo llega a ser,
Si es una cosa querer
Y es otra cosa variar?
El que á otra quiere despues,
Que no la querrá le arguyo
Por el desmérito tuyo,
Que por su inconstancia es.
Pero ¡cuán agradecido
Vendrá, y con mayor deseo
El que despues otro empleo
Vuelve amante arrepentido!

Hermana, de errores tales
Ni te admires ni te asombres;
Créeme, y quiere á los hombres,
Que son bellos animales.
SERAFINA.Y de celos el dolor,
¿A quién no causa recelos?
DOÑA MATEA.Si no se usáran los celos,
¿De qué sirviera el amor?
SERAFINA.¡Qué! ¿tanto los quieres?
DOÑA MATEA.   Sí.
SERAFINA.De ti me vengo á cansar
Tanto, que te he de casar,
Porque me venguen de ti.
DOÑA MATEA.Agradecerte debiera
La venganza que merezco.
SERAFINA.Digo que casarte ofrezco
¿Pero hallarás quién te quiera?
DOÑA MATEA.Para que yo tome estado
Y porque vengada estés,
Bastará que tú me des
Un amante desechado.
SERAFINA.El que adoró mi beldad
¿Cómo ha de poder quererte?
DOÑA MATEA.Dos mil cosas desa suerte
Suele hacer la variedad.
SERAFINA.Ya os tomais mucha licencia,
Y no sé como se atreve
Una...
RAFAELA.   Señora, las llueve.
SERAFINA.Ya es llora de dar audiencia:
Abre, ya pueden entrar.
RAFAELA.Ruido en la antesala escucho.
GIBAJA(Dentro.) Señores, la audiencia.
RAFAELA.   Mucho
Tienes hoy que despachar.
Sale DON ROQUE.
DON ROQUE.Ya el sol riendo hace salva
Al alba,
Puesto que trae su arrebol
Luz del sol;

La aurora que el campo dora
Rie y llora;
Y yo en tiniebla esto ahora
En vuestra luz salgo á ver
Reir, llorar y amanecer
Al sol, al alba y la aurora.

Sale DON MARCOS.

DON MÁRCOS.Ya produce matizado
El prado;
Ya corre más diligente
Clara fuente;
Brota la rosa olorosa
Más golosa;
Y yo, Serafina hermosa
Sólo en veros, salgo á ver
Producir brotar, correr
La fuente, el prado y la rosa.

Sale DON GONZALO.

DON GONZALO.Ya más sonora y suave
Canta el ave;
Sin nubes, sin niebla fria
Nace el día;
Calma el viento más atento
En su elemento;
Yo, que ni uno ni otro siento,
Salgo á veros por mirar
Cantar, nacer y calmar,
El ave, el dia y el viento.
RAFAELA.¡Otro estilo desde ayer!
Amor los va mejorando.
SERAFINASeñores amantes, ¿cuándo
Acabó de amanecer?
Ya es mediodía, y querria
Ver tan agudos talentos:
Troven esos pensamientos
Si pueden al mediodía.

Sale DON PABLO.

DON PABLO.Abrásase haciendo salva,
El alba;
Vencido con tu arrebol,
Huye el sol.
La aurora herida se ignora
Donde llora;
Y aunque es mediodia ahora,
Abráseme ó no, he de ver
TODOS CUATRO.Herir, abrasar, vencer
Al sol, al alba y aurora.

Sale GIBAJA.

GIBAJA.(Ap.)   Digo que la licioncilla
Ha sido extremada cola
Y que están otros los cuatro;
Así quiera ella estar otra.
SERAFINA.Llegad, don Pablo.
GIBAJA.(Ap.)   Valor;
Habladla muy descollado,
Sin jugar.
DON PABLO.   Yo soy soldado
De la milicia de amor;
Que me embarqué significo,
Rompiendo espumas y famas
Por el Golfo de las damas,
A la India de Puerto-rico.
No merecí que admitieras
Los deseos de servirte,
Aunque para persuadirte
Tomé puerto en las Terceras;
Mal herido en tu escuadron
Donde me llevé la palma,
Saqué una herida en el alma
Y otras en el corazon.
Otros mil servicios dejo,
Y sólo que estimes pido

El tiempo que te he servido.
SERAFINA.Retiraos, que estais muy viejo.
DON PABLO.Siempre esperé premio igual.
SERAFINA.Oigan, ¿que ha hablado en romance?
DON PABLO.Señora, el favor alcance
Que pido en el Memorial,
Pues ya no soy de provecho.
SERAFINA.El memorial se verá.
DON PABLOVedlo luégo.
SERAFINA.   Bien está.
GIBAJA.(Ap.)   Famosamente lo has hecho.
SERAFINA.Este amante lo habla bien
Con más prudencia y respeto.
GIBAJA.El desden le ha hecho discreto.
SERAFINA.Enseña mucho el desden;
Y vendrá á parar su ruego
En que le haga algun favor
GIBAJA.Ea, llegad sin temor.
RAFAELA.Llegad, don Marcos.
DON MÁRCOS.   Ya llego;
No huye quien de vos espera
Lograr felices trofeos,
Que el despedir los deseos
Es soberbia muy grosera.
No quise amar, pero amé;
Vencer quise, y me rendí;
Para ver la luz nací
Yo vi la luz, y cegué.
Agradeced al que muere,
Quejoso aunque no ofendido,
Que es la queja del herido
Lisonja para el que hiere.
Ya contenta el alma llega
A no ver lo que miró,
Quien la luz examinó
Victoriosamente ciega;
Mas para templar mi mal
Sólo pido...
SERAFINA.   ¿Qué quereis?
DON MÁRCOS.Que el premio sólo me deis

Que pide este mernorial.
SERAFINA.Ya le veré.
GIBAJA.(Ap.)   No va malo.
RAFAELA.Otro hombre el podrido está.
SERAFINA.Esperanzas pedirá.
RAFAELA.Llegad, señor don Gonzalo.
DON MÁRCOS.¿Hablé á vuestro gusto?
GIBAJA.   Si;
Bien lo dijistes los dos.
DON MÁRCOS.Dadme licencia. Por Dios,
Para pudrirme de mí.
DON GONZALO.Pues yo, hermosa Serafina...
GIBAJA.En hablar culto trabaje.
DON MÁRCOS.Mas que se le va el lenguaje...
GIBAJA.¿Dónde?
DON MÁRCOS.   A la jacarandina.
DON GONZALO.Un amor tengo que es mengua.
GIBAJA.(Ap. De que hable bien desconfio.)
Que lo errasteis.
DON GONZALO.   (Ap. Señor mio
No me vayan á la lengua.)
Digo, que estaba fiado,
Quien adora el que confía... (Turbado.)
Perdonadme, reina mía,
Que esto es poco y mal hablado.
SERAFINA.De ver á un hombre me espanto,
Que tenga turbacion tal.
DON GONZALO.Señora, este memorial
Dirá esto y otro tanto,
Pensamientos como el hilo
De delgados os dirá.
SERAFINA.¿Aun dura?
RAFAELA.   Amor no podrá
Enmendar un bajo estilo.
DON GONZALO.En él vereis el empeño
En que entra mi amor fiel;
Todo lo que digo en él,
Cierto que es cosa de sueño.
SERAFINA.Esta noche, sin enojos,
Sobre él espero soñar.

DON GONZALO.Eso es querer acertar
Mi deseo á cierra ojos.
DON MÁRCOS.(Ap.)   Que no puede más recelo.
GIBAJA.Mil necedades ensartas.
DON GONZALO.Callen barbas y hablen cartas.
SERAFINA.Pues venga el memorial.
DON GONZALO.   Hélo.
(Dale el memorial.)
DON MÁRCOS.Una y otra necedad
Habeis dicho, vive Dios.
GIBAJA.Don Roque, enmendadlo vos.
RAFAELA.Señor don Roque, llegad.
DON ROQUE.Llegue mil veces felice,
Aunque temeroso llegue,
Amante, que á conquistar
Un imposible se atreve.
Yo huí del fuego que arrojan
Dos dulces ojos ardientes;
¿Cuándo no logró centellas
Aquel que en la piedra hiere?
Pero el osado y amante
Dificultades emprende,
No se vence lo rendido,
Lo inexpugnable se vence.
GIBAJA.Bueno va.
DON GONZALO.   Demonio es.
SERAFINA.No se perderá por este.
DON ROQUE.Verdad dice mi deseo,
No finge amor porque teme
Que á tilos de una mentira,
Una verdad se ensangriente.
¡Oh, si el dueño á quien adoro
El alivio permitiese
Del llanto á los ojos mios
Porque en líquidos corrientes
Destile mi sentimento!
Que porque le oigas decente,
Es la lengua muy grosera
Y son ellos muy corteses.
SERAFINA.¿Quién os quita que lloreis?

DON ROQUE.A mi nadie.
GIBAJA.(Ap.)   Que se pierde;
Enmendadlo vos, don Márcos.
SERAFINA.Pues llorad.
DON MÁRCOS.   Si le sucede
Lo que á mí, ¿cómo podrá
Pues mi dueño ingrato quiere,
Que sangriento su desden
En todo mi amor se cebe?
SERAFINA.¿Pues cómo os impide el llanto
Lo que quereis?
DON MÁRCOS.   Desta suerte:
Del agua del llanto es
El corazon arca débil
De tres llaves, y desta arca
Son los dos ojos dos fuentes.
Una llave tiene amor,
Y otra llave el dolor tiene,
Y como es tesoro real
El llanto, para que quede
Con seguridad, se da
Otra á la crueldad más fuerte.
La llave de la crueldad
Teneis vos, y cuando quiere
Abrir el dolor, procura
Abrirla, pero no puede.
No puede tampoco amor
Abrir, aunque abrir pretende
Pues dolor y amor, ¿qué importa
Que una y otra llave prueben,
Si no quiere la crueldad,
Siempre obstinada y rebelde,
Ni que mi dolor se alivie
Ni que mi amor se consuele?
DON GONZALO.(Ap.) En el pico de la lengua
Lo tuve.
DON ROQUE.(Ap.)   El hombre es prudente.
GIBAJA.(Ap.) Remediólo.
DON ROQUE.El memorial
Os ofrece un pretendiente

(Dale el memorial.)
Del amor; y así, si habeis
De consultalle, leelde.
SERAFINA.Una cosa por los cuatro
He de hacer.
DON ROQUE.   ¿Qué?
SERAFINA.   Que no os cueste
Desvelos la dilacion,
Y estando todos presentes,
Todos cuatro memoriales
Despacharé de una suerte
Lee tú este memorial,
(Dale uno á doña Malea.)
Matea; y tú lee este,
(Dale otro á Rafaela.)
Rafaela; y tú, GIBAJA,
Lee este.   (Dale otro á GIBAJA.)
RAFAELA.   ¿Qué es lo que quieres?
SERAFINA.Leerlos todos á un tiempo
Y que á un tiempo los decrete.
Leed.
TODOS.(Leen.) « Don Márcos desea,
Puesto que no le quereis,
Que por esposa le deis
A vuestra hermana Matea.»
SERAFINA.¿A Matea?
DON MARCOS.   Sí, Señora.
SERAFINA.¿Y ese?
RAFAELA.   Lo mismo pretende
Don Pablo.
DONA MATEA.   Y don Gonzalo
Pide lo mismo por este.
SERAFINA.Y ese ¿qué pide?
GIBAJA.   Lo mismo.
SERAFINA.No es posible.
MATEA.   Lee.
RAFAELA Y GIBAJA.   Lee.
SERAFINA.¡Qué equívocos eran todos
Los fingimientos corteses!
DON PABLO.Yo dije que el memorial

Diria lo que pretende
Mi deseo.
DON MÁRCOS.   Al memorial
Trasladé voces decentes.
DON GONZALO.Yo fundé en mi memorial
Mi pretension.
DON ROQUE.   No te ofende,
Quien herido del desden
La medicina apetece.
SERAFINA.(Ap.)   Eslabones sus palabras
En mi corazon ardiente
Sacan menudas centellas;
Muchas son, pero áun no prenden.
GIBAJA.(Ap.)   Aun no ha obrado la purguilla,
Más polvos de celos tiene.
SERAFINA.¿De suerte, señor soldado
De amor, que servisteis siempre
De Matea en la milicia,
Y que era aquella prudente
Metáfora por mi hermana?
DON PABLO.Perdonad que lo confiese.
SERAFINA.¿La aurora, el alba y el sol,
El prado, la rosa y fuente,
El arca del corazon
Con las tres llaves que tiene
Amor, dolor y crueldad,
Y otros requiebros más verdes
¿Por ella eran?
DON MÁRCOS.   Sí, Señora.
SERAFINA.¿Es ansí?
DON ROQUE.   No hay quien lo niegue.
DON GONZALO.Yo testigo.
SERAFINA.   ¿Vos, don Márcos,
No confesasteis mil veces
Que adorabais mi hermosura?
DON MÁRCOS.Y porque yo la confiese,
¿Cuándo oyó vuestra constancia
De mi amor ruegos decentes?
Mil veces confesaré
Que el que á esas manos se atreve,

Toma el cielo con las manos;
Y el que esas mejillas viere,
Bien verá que no podeis,
Por tristeza ó accidente,
Poner sobre la mejilla
La hermosa mano de nieve,
Porque ella no se derrita
O porque ellas no se hielen.
Pero como yo he dejado
Que mi inclinacion me fuerce,
Me lleva mi inclinacion
A otro dueño; haced que premie
Vuestra hermana mi deseo,
Porque no será decente
Que se descubra el dolor
Y la herida se cautele.
SERAFINA.Vos, Matea, ¿qué decís?
DOÑA MATEA.Que me ofrecistes dos veces
Darme esposo y darme dueño
Como haya quien me desee;
Y puesto que hay quien me quiera,
Que cumplas lo que prometes.
SERAFINA.¿Y á cuál eliges?
DON GONZALO.   Si acaso,
Don Gonzalo te merece...
(Todos ruegan á Matea.)
DON MÁRCOS.Si agradeces mi eleccion...
DON ROQUE.Si una constancia agradeces...
DON PABLO.Si una inclinacion se premia...
DOÑA MATEA.Los memoriales.
RAFAELA.   ¿Qué quieres?
(Pónese grave Matea.)
DOÑA MATEA.Decretarlos.
RAFAELA.(Ap.)   Ya se entona.
GIBAJA.Estos son.
DOÑA MATEA.   ¡Gran paso es este!
Don Márcos, oid.
SERAFINA.   Primero,
Dejad que yo los decrete.   (Quítaselos).
¿Cómo, villanos?

DON MÁRCOS.   Señora...
SERAFINA.¿Segundo dueño prefieren
Delante de mi hermosura
Vuestras pasiones aleves?
¿Cómo, traidores...
GIBAJA.(Ap.)   Pegó.
SERAFINA.¿En la córte de amor puede,
Si amor se pierde por niño
Vuestra urbanidad perderse?
Idos, don Márcos.
DON MARCOS.   No sea
Mi dueño quien me desdeñe,
Que no me ofende tu enojo.
DOÑA MATEA.Don Marcos, volved a verme.
SERAFINA.Idos, don Roque.
DON ROQUE.   ¿Y qué hará
Quien adora y quien padece?
DOÑA MATEA.Yo haré que no padezcais.
SERAFINA.¿Qué aguardais?
DON PABLO.   A que me dejes...
DON GONZALO.Que consientas...
SERAFINA.   Idos luégo.
DON PABLO.Que el que ama...
DON GONZALO.   Que el que padece...
DOÑA MATEA.Yo me acordaré de entrambos.
SERAFINA.¡Que esto escuche!
DON PABLO.   Si te ofende...
SERAFINA.No me hableis más.
DON GONZALO.   Si te agravia...
SERAFINA.Calla ó te daré la muerte.
DOÑA MATEA.Señora, el ser más dichosa
No te hace...

SERAFINA.   Traidora, vete.
RAFAELA.Mira bien...
SERAFINA.   Calla, villana.
GIBAJA.Advierte...
SERAFINA.   Todos me dejen.
DON MÁRCOS.(Ap.)   Mejoróse mi fortuna.
DON GONZALO.(Ap.)   Andallo.

DON MÁRCOS.(Ap.)   Padezca.
DON ROQUE.(Ap.)   Pene.
SERAFINA.Criad segundas en casa.
DOÑA MATEA.No hay belleza como suerte.
GIBAJA.Salte el huevo.
DON PABLO.   Pague en celos
Lo que ofendió con desdenes.
SERAFINA.Presto los hombres olvidan.
DON MÁRCOS.Presto las mujeres quieren.
SERAFINA.¡Mujeres, lo que hombres son!
DON MÁRCOS.¡Hombres, lo que son mujeres!
DOÑA MATEA.De hoy más he de ser feliz.
GIBAJA.Salió mi ardid como siempre.
SERAFINA.A morir me voy de enojo.
DON MÁRCOS.Voy a podrirme dos meses.
DOÑA MATEA.A estimar mi suerte voy.
DON ROQUE.Voy á consolarme adrede.
DON GONZALO.Voy á hacer lo que yo sé.
DON PABLO.¡Ah, qué lugar se me ofrece!
SERAFINA.Mujeres, todos los hombres
Son unos.
DON PABLO.   Unas son siempre
Todas las mujeres, hombres.
SERAFINA.Son traidores.
RAFAELA.   Son aleves.
DON MARCOS.Adoran aborrecidas.
DON PABLO.   Adoradas aborrecen.
SERAFINA.¡Mujeres, lo que son hombres!
DON GONZALO.¡Hombres, lo que son mujeres!

JORNADA TERCERA

Salen RAFAELA Y SERAFINA, medio desnuda, el cabello tendido.

SERAFINA.En fin, ¿no quieres dejarme,
Rafaela,?
RAFAELA.　　　　　Señora no,
Que estás con el crecimiento.
SERAFINA.Vete, y déjame, por Dios,
Morir á solas.
RAFAELA.　　　　　　Señora,
Yo te he cobrado aficion,
(Paseándose las dos.)
Aunque criada, y no quiero
Que te mueras sin doctor.
SERAFINA.Vete, que sólo en mi queja
Tiene alivio mi dolor.
RAFAELA.Mira que te puede dar
Sobre una imaginacion
Un suspiro; ¡Dios nos libre!
SERAFINA.¿Y mataráme?
RAFAELA.　　　　　　¡Pues no!
¿Pues de qué murió la amante
De Teruel? Deso murió.
SERAFINA.Pues mis suspiros escucha.
RAFAELA.Ansí hablarás.
SERAFINA.　　　　　　Es error,
Porque nunca fué palabra
El suspiro, con ser voz.
RAFAELA.Los suspiros nunca supe
De la calidad que son;
Porque á unos causan alivio,
Pero á otros desazon.
Uno muere de un suspiro,
Otro dél convaleció,
Es triaca y es veneno,
Es alivio y es pasion.
Yo no entiendo á los suspiros.
SERAFINA.¿No has visto á una misma flor

Que un viento la reverdece
Y que otro la marchitó?
Es que aquel viento que sopla
Las calidades tomó
De la tierra donde nace;
Y así, aquel viento ó vapor,
Si es seco, abrasa la rosa;
Y si es húmedo, la oreó.
El suspiro que del cuerpo
Se origina, ¿quién dudó
Que el corazon nuestro alienta?
Pero aquella exhalacion
Que se levanta del alma,
Como es su fuego veloz,
Obra con las calidades
De fuego en el corazon.
Corazon y flor, ejemplo
Te darán, pues son los dos:
Ella, un corazon del campo
Y él, de la vida una flor.
RAFAELA.Pues ahora estás tan moral
Y yo tu gusano soy,
Permíteme que hebra á hebra
Te hile toda la pasion;
La verdad me dí, Señora.
¿Tienes amor? Dilo.
SERAFINA.   No.
RAFAELA.Mira el amor y los celos
Unas calenturas son
Que hasta que salen al labio
No las ve el que las pasó;
Mas por sola la experiencia
Te diré tu mal, que yo
He estado muy achacosa
Destos males, gloria á Dios.
Di, ¿aborreces algun hombre?
SERAFINA.Ninguno de mi aficion
Es dueño.
RAFAELA.   No te pregunto
Sino ¿si aborreces hoy

A aquel que ayer no querias?
SERAFINA.Yo aborrezco á quien me amó;
¿Pero cómo saber puedes,
De mí este fuego veloz
Preguntando por el odio
Y no por la inclinacion?
RAFAELA.Ahora lo verás. ¿Por qué
Le aborreces?
SERAFINA.   ¿No es razon
Que aborrezca á quien me quiso
Si á otra adora y a mí no?
RAFAELA.Pues si aborreces á quien
Te olvida, porque te amo,
Si por eso le aborreces,
Le tienes por eso amor.
SERAFINA.¿Cuándo has visto amor sin celos?
Pues no teniéndolos yo,
Es cierto que amor no tengo.
RAFAELA.Celos tienes.
SERAFINA.   Es error.
RAFAELA.¿De tu hermana no los tienes?
¿No me lo dijo tu amor?
SERAFINA.Yo de mi hermana los tengo,
No de quien la ama en rigor;
Y una cosa es tener celos
Della, porque fué eleccion
De quien me quiso, y es otra
Celos de quien la eligió;
Della, y no de quien la quiere
Son mis celos; luego son
Celos de ira los que tengo
Y no celos de amor.
RAFAELA.¿Qué más tiene tener celos
De quien es adoracion
Del amante, ó tener celos
Del mismo que la adoró?
Los della son unos celos
De sentir que granjeó
El amante que la olvida;
Los de aquel que se mudó

A adorar otro sujeto,
¿No nacen de una pasion?
¿No son de una causa efectos?
Luego no habrá distincion
En celos della por él
Si él fué aquel que los causó,
O en los celos dél por ella
Si unos mismos celos son.
SERAFINA.¿Quieres ver que tengo celos
Della y de quien me ama no?
Cuatro son los que la quieren,
Y si yo tuviera amor,
Á uno quisiera no más;
Es asentada opinion
Que no es amor verdadero
El que se reparte en dos.
Luego si á cuatro no puedo
Tener amor, ¿no es cuestion
Que de los cuatro tampoco
Tendré celos? Pues si doy
Que tengo celos, mis celos
Serán (si es que celos son)
Della, por querida sí,
Dellos, por amantes no.
RAFAELA.A eso respondo que tú
Querrás á alguno.
SERAFINA.   El dolor
Que tengo en el alma es ese.
RAFAELA.¿Pues qué es?
SERAFINA.   Una obstinacion
De no amar con el deseo
De amar á quien me olvidó.
RAFAELA.¿Luego es amor?
SERAFINA.   ¿Pues di á quien
Quiero, si quiero?
RAFAELA.   El mejor
Es don Marcos.
SERAFINA.   Moriréme
Si sufro su condicion.
RAFAELA.Don Gonzalo, el extremeño,

Es bueno, porque es hombron.
SERAFINA.¿Qué importa que sea diamante,
Si es bruto?
RAFAELA.			Tienes razon.
¿Y don Pablo?
SERAFINA.				¿Quién podrá
Sufrir su conversacion?
RAFAELA.¿Don Roque?
SERAFINA.				No quiero amante
Que tiene tan raro humor,
Que no me quiere por mí
Sino por su condicion.
RAFAELA.¿Qué sientes?
SERAFINA.				Siéntome arder.
RAFAELA.¿Dónde está el mal?
SERAFINA.						¿Qué sé yo?
RAFAELA.Mira si es dentro del alma.
SERAFINA.No, como el doliente soy
Que el dolor tiene, y no sabe
Adonde tiene el dolor.
RAFAELA.Señora, y esta academia
Que has dispuesto para hoy,
¿A qué efecto?
SERAFINA.					Hoy cumple años
Matea, y con ocasion
De festejarla, he dispuesto,
Por disimular mejor
Mi pena y dar a entender
Cuán poca es la estimacion
Que hago de uno y otro amante
Que uno y otro me olvidó,
Celebraré una academia
Donde el asunto peor
Es mi asunto, que ha de ser
De mí disimulacion.
Y porque viendo mi ingenio,
Quiero que el que se cegó
De mis ojos, y no quiso
Penetrar la luz del sol,
Que adore el entendimiento,

Pues la luz desperdició.
RAFAELA.Y desta regla creída
Verán tan nueva excepcion,
Que siendo Matea y tú,
Hermosa tú y ella no,
Contra el uso habeis de ser
En la academia las dos,
Fea ella con ignorancia,
Tú hermosa con discrecion;
Pero ella sale, Señora
A esta sala.
SERAFINA.   Yo me voy.
RAFAELA.Háblala por vida tuya,
Y muy a lo socarron;
Si te da lugar la pena
Haz burla de la eleccion
De sus amantes, y á ellos
La puedes hacer mayor,
Porque sienta por agravio
El que tuvo por blason.
SERAFINA.Bien me aconsejas, si pueden
Risa y llanto con valor
Calmar el llanto en los ojos
Y herir la risa en la voz.
Sale DOÑA MATEA.
DOÑA MATEA.La música viene aquí,
Todo prevenido está.
SERAFINA.¿Enviaste á llamar ya
Los académicos?
DOÑA MATEA.   Sí,
Mis años has celebrado
Como tuyos.
RAFAELA.   Y mejor.
SERAFINA.Siempre te he tenido amor.
DOÑA MATEA.Algo lo has disimulado.
SERAFINA.Pero hoy te trae mi aficion
Á quien te ama, hermana mía,
Porque celebren tu dia
Los que aman tu perfeccion.
DOÑA MATEA.¿Perfeccion? No soy hermosa,

Que el espejo no me engaña;
Feliz sí.
SERAFINA.   Desde tamaña
Te tuve por venturosa;
Ninguno que te ama aquí
Te ha llegado á merecer.
DOÑA MATEA.Claro está; ¿qué pueden ser
Los que no te aman á tí?
SERAFINA.Un podrido te ha querido,
Y es ajar tu pundonor
Que te ame.
DOÑA MATEA.   No es lo peor
Lo que le agrada á un podrido.
SERAFINA.Busque un lugar el señor
Montañés, muy ponderado
Para el amor.
DONA MATEA.   En mí ha hallado
Un lugar para el amor.
SERAFINA.Que te ama un contento, vi
Que á todas quiere igualmente.
¿No es verdad?
DOÑA MATEA.   Y solamente
No se contenta de ti.
SERAFINA.Si te aman á tí es porque
Mis desdenes han sentido
Todos á mí me han querido,
Y á todos los desdeñé.
Pero conmigo no ignoras
Que son con malicia clara
Traidores.
DOÑA MATEA.Muy á cara á cara
Te hablan para ser traidores.
SERAFINA.Pero si yo los quisiera,
En qué me amáran te funda.
DOÑA MATEA.Siempre viste la segunda
Desechos de la primera.
SERAFINA.Tan aburrida estoy, sí,
Que por no escucharte, intento
Irme desde aquí
DOÑA MATEA.   ¿Al convento

Que tenias para mi?
SERAFINA.¿Y no estarás sin decencia
Pobre tú y pobre tu amante
En religion mendicante?
DOÑA MATEA.Yo quiero esta penitencia.
SERAFINA.Si á responderme te pones,
Vencerásme, es cosa clara.
DOÑA MATEA.¿Por qué?
SERAFINA.   Porque tienes cara
De alcanzarme de razones.   (Vase.)
RAFAELA.La hermosa sólo merece
Del amor el interes.
DOÑA MATEA.No es hermosa la que lo es,
Sino la que lo parece.
Sale SERAFINA.
SERAFINA.Cansada de oírte estoy;
Ruido en la antesala he oido,
Entra á ver quien ha venido,
RAFAELA.Por medio la abre. Yo voy.
(Vase por una parte.)
Sale GIBAJA.
GIBAJA.Años mil (si darlos puedo)
Cumplais, Matea divina,
En vida de Serafina...
DOÑA MATEA.(Ap.)   Maldiciones, que la heredo.
GIBAJA.Y con finezas constantes,
Que amor en tí vinculó,
Goces, casándote yo,
El mejor de tus amantes.
SERAFINA.No habla conmigo.
DOÑA MATEA.   En efeto,
¿No dirás á qué has venido?
GIBAJA.A la academia he traído
Mis catorce de soneto.
SERAFINA.¿Qué tal es?
GIBAJA.   ¡Gran pensamiento!
DOÑA MATEA.La verdad, escrito á medias.
GIBAJA.¡Bueno! Yo hago las comedias
Que acaban en casamiento.
Ya hago una.

SERAFINA.   ¿Poeta eres?
DOÑA MATEA.¿Buena traza?
GIBAJA.   Singular.
SERAFINA.¿Y cómo se ha de llamar?
Dilo.
GIBAJA.Lo que son mujeres.
DOÑA MATEA.¿Y tiénesla ya acabada?
GIBAJA.No.
SERAFINA.Pues yo la iré leyendo.
DOÑA MATEA.¿Qué, tanto hay?
GIBAJA.   Voy escribiendo
En la tercera jornada.
SERAFINA.¿Qué figuras del tablado
Son las que has introducido?
GIBAJA.Un contento y un podrido,
Un montañés y un menguado.
SERAFINA.Serán papeles valientes.
GIBAJA.Y ha de tener cada uno
Su capricho.
DOÑA MATEA.   Uno por uno
Son mis cuatro pretendientes.
SERAFINA.¿Mujeres?
GIBAJA.   Una que adora
A cuantos viere y no viere,
Y otra que á ninguno quiere.
SERAFINA.¿Mi hermana y yo?
GIBAJA.   Si, señora.
SERAFINA.¿Silbaránla?
GIBAJA.   No lo sé;
Como en el patio mandaren.
DOÑA MATEA.¿Te enojarás si silbaren?
GIBAJA.Si lo merece, ¿por qué?
Los que más me han aplaudido,
Que una y otra han vitoriado,
Me miran cuando la he errado
Como á privado caido.
Si entro aplaudido aquel dia,
Y no me habla bien Apolo,
Dejárame venir solo
La gente que me seguía.

SERAFINA.Esa comedia es segura,
Al aplauso te preven.
GIBAJA.La que á nadie quiere bien
Ha de cansar por figura.
SERAFINA.Lo más bien visto ha de ser.
DOÑA MATEA.Ese capricho remedia.
GIBAJA.(Ap.) Contándola la comedia
La digo mi parecer;
Mas tengo trazado ya
Que aunque es entendida y bella,
Ninguno la quiera á ella.
SERAFINA.Eso es lo que ella querrá.
GIBAJA.Pero he pensado tambien
Que el amante que la viere
Quiera á la que á todos quiere.
SERAFINA.Eso quiere ella.
DOÑA MATEA.   Hace bien.
SERAFINA.La constante, yo he pensado,
Que viéndola sin amor,
Ha de ser la que mejor
Parecerá en el tablado.

DONA MATEA.La que ama con viva llama
Es más extraña mujer:
Al pueblo ha de parecer
Mejor la que á todos ama.
SERAFINA.La fácil no es más excusa.
DOÑA MATEA.A la constante condena.
SERAFINA.La facilidad no es buena.
DOÑA MATEA.La constancia no se usa.
SERAFINA.Cuando á los fines esté...
DOÑA MATEA.Sí á la traza conviniere,
Casa á la que nadie quiere.
GIBAJA.¿Con quién?
DOÑA MATEA.   Yo lo pensaré.
SERAFINA.A la que no supo amar
Deja sin casar.
DOÑA MATEA.   Sea ansí.
SERAFINA.Sea.
GIBAJA.   Silbaránme á mí

Si la dejo sin casar.
DOÑA MATEA.¿Pues qué trazas?
GIBAJA.   Sin recelos
De silbo, en un paso extraño
Trazo a la una un engaño,
Y doy a la otra unos celos,
Y otros diferentes ramos
El patio celebrará.

Sale UNA CRIADA.

CRIADA.Todos han venido ya
A la academia.
SERAFINA.   Pues vamos.
GIBAJA.¿No es linda traza?
SERAFINA.   Extremada.
GIBAJA.¿Qué te parece?
DOÑA MATEA.   Famosa.
SERAFINA.No seré yo la celosa.
DOÑA MATEA.No seré yo la burlada;
Contenta estoy.
SERAFINA.   Muerta vivo.
GIBAJA.Voy á la academia.
SERAFINA.   Ven.
GIBAJA.Una academia hay tambien
En la comedia que escribo.
(Vanse.)

Sale RAFAELA con una sobremesa.

RAFAELA.A esta sala han de venir,
Y puesto que aquí ha de ser,
Los bancos quiero poner
Y el recado de escribir;
Pero sola no podré
Si no me ayudan a mí;
Mas Gibaja viene allí,
A Gibaja llamaré.
¿GIBAJA?

Sale GIBAJA.

GIBAJA.¿Quién me ha llamado?
RAFAELA.Yo.
GIBAJA.¿Qué quieres?
RAFAELA.   ¿Qué ha de ser?
Que me ayudes á tender...
GIBAJA.Habla presto.
RAFAELA.   Aquel estrado.
GIBAJA.Quien tus partes estimó,
Justo es que a servirte acuda,
Desde hoy he de ser tu ayuda,
Pero de cámara no.
RAFAELA.Tiende esa alfombra.
GIBAJA.   ¿Trae lodos?
(Tiéndenla.)
RAFAELA.¿No es soberbia alfombra esta?
GIBAJA.Antes de puro modesta
Se deja pisar de todos.
RAFAELA.Tiende igual.
GIBAJA.   Sí tenderé.
RAFAELA.El bufete.
GIBAJA.   Mucho pesa.
(Pónenle.)
RAFAELA.Cásame esta sobremesa
Con el bufete.
GIBAJA.   Si haré;
(Tiéndenla.)
Pero el bufete se ensancha.
RAFAELA.Cásele.
GIBAJA.   No te conviene,
Que la sobremesa tiene
Por un cuarto una gran mancha.
RAFAELA.¿Pues el bufete quién es
Que desa mancha se enfada?
¿No es una bestia pesada
Que anda siempre en cuatro piés?
GIBAJA.Dices bien, no mire en nada:
Cásese, cuerpo de tal.

RAFAELA.Córtala.

GIBAJA.   Pues ponla igual,
No sea corta y mal echada.

RAFAELA.Pluma y tinta venga aquí.

GIBAJA.Y los polvos vengan presto.

(Pónenlo todo.)

RAFAELA.Muchos hacen mangas desto.

GIBAJA.¿De polvos de cartas?

RAFAELA.   Sí.

GIBAJA.Dime necedades hartas,
Que escuchártelas me alegra.

RAFAELA.Las mangas de lana negra,
¿No son de polvos de cartas?

GIBAJA.Poner los bancos intento.

RAFAELA.Pardiez que ha de ser gran día.

GIBAJA.¿Ves esto de la poesía?
Pues todo es cosa de viento.

RAFAELA.Ya bien pueden empezar.

GIBAJA.Parlando están allá fuera.

RAFAELA.En tanto, saber quisiera
Yo cuando me he de casar;
¿No me lo ofreciste?

GIBAJA.   Digo
Que á darte un novio me allano;
¿Más quiéresle de mi mano?

RAFAELA.Si.

GIBAJA.   Pues cásate conmigo.

RAFAELA.¿Juegas?

GIBAJA.   Si, gracias á Dios.

RAFAELA.¿Gastas?

GIBAJA.   A todo rozar.

RAFAELA.¿Viéneste tarde á acostar?

GIBAJA.A la una ó á las dos.

RAFAELA.¿Callarás?

GIBAJA.   ¿Pues qué he de hacer?

RAFAELA.¿Verás?

GIBAJA.   No veré, á fe mia.

RAFAELA.¿Y en casa estarás de dia?

GIBAJA.A las hóras del comer.

RAFAELA.¿Vivirás muy confiado?

GIBAJA.Y desconfiado tambien.

RAFAELA.¿Y á mí me tratarás bien?

GIBAJA.Como ande yo bien tratado.

RAFAELA.¿No me dejarás mandar?

GIBAJA.Mucho puede la razon.

RAFAELA.¿Irás á una comision?

GIBAJA.Si tú me la hicieres dar.

RAFAELA.¿Sabrásme amar y querer?

GIBAJA.Cuando me toques á mí.

RAFAELA.¿Estás firme en eso?

GIBAJA.   Si.

RAFAELA.No te faltará mujer.

GIBAJA.De tu ama saber quisiera

Qué tabur de amor le agrada,

RAFAELA.Ella está ya tan picada

Que jugará con cualquiera.

GIBAJA.¿Picada está?

RAFAELA.   ¿No lo ves?

GIBAJA.Pero la academia toda

Viene ya.

RAFAELA.   Esto y la boda

Se quede para despues.

Salen ESTÉBAN, JACOBO y todos los demás ACADÉMICOS y MÚSICOS.

MÚSICO 1°Hoy cumple quince años

Matea divina,

Pero sólo con ellos

No es muy cumplida.

MÚSICO 2°Esto de los años,

Yo no lo entiendo;

Que aunque es bueno cumplirlos,

No lo es tenerlos.

RAFAELA.(Canta.)   Por cortés no he tenido

Sino por viejo

Al que anda con sus años

En cumplimientos.

DON MARCOS.¡Que se usen academias,

Y que muy necio y confiado

De mis versitos me venga

Con mi locura en la mano!
SERAFINA.El fiscal sea Rafaela;
Matea, á quien celebramos
Presidirá, y yo he de hacer
Oficio de secretario.
RAFAELA.La música á cada asunto
Que se lea, está trazado
Que cante.
DON MÁRCOS.   Pero ha de ser
Lo que se cante, glosando
El mismo asunto.
DON ROQUE.   Está bien.
GIBAJA.Cada académico ha dado
Una letra al mismo asunto
Que trae.
RAFAELA.   Ea, ¿no empezamos?
DON PABLO.La oracion.
GIBAJA.   ¿A quién le toca?
RAFAELA.A la que preside.
DON MÁRCOS.   Al caso;
Y no haya oracion muy larga
De un grave sueño, que al cabo
De una hora larga, nos diga
Mil disparates soñados.
GIBAJA.Es sueño con pesadilla.
DON ROQUE.Háganse en lenguaje claro,
Proposicion de la fiesta,
DON PABLO.Pues propositio est oratio.
SERAFINA.A los años de Matea,
Que cumpla felices años
¡Oh milicia de las letras!
En día festivo os llamo.
RAFAELA.Diósele el primero asunto:
¿A quién se le dió?
GIBAJA.   A don Pablo,
Y es la que á doña Matea
Pida que elija de cuatro
Que la quieren un sujeto.
RAFAELA.Pero se le ha ordenado,
Que sea en cuatro redondillas,

Y han de tener todas cuatro
Los tres versos en romance
Y en latin el verso cuarto.
GIBAJA.En redondillas parece
Que es dificil.
DON GONZALO.   Para mancos.
DON PABLO.Pues canten la seguidilla
Que hice á mi Matea.
DON ROQUE.   Oigamos.
MÚSICA.Mira que en la córte
Dicen algunos
Que por querer á cuatro
No eliges uno.
DON PABLO.Cuatro aspiran á tu mano,
Pero en ninguna te empleas,
Si hombre de valor deseas,
Diré Arma virumque cano.
Si yo no vengo á ser sólo
A quien el premio se dé,
Que no te quiero diré
Sed nolendo dico volo.
Piadoso tu desden mire
Esta mi ardiente pasion,
Abreme tu corazon
Si forte vis aperire.
Cuatro somos, pues por Dios,
Que á uno sólo el premio des,
Que desengañes los tres,
Te rogamus audi nos.
RAFAELA.Diósele el segundo asunto
De la academia á don Márcos.
DORA MATEA.A que en doce redondillas
Nos diga, por no ser largo,
Doce cosas solamente
De las que se pudre.
DON GONZALO.   ¿Es chasco?
DON MÁRCOS.Canten mi letra primero.
SERAFINA.¡Famoso asunto!
RAFAELA.   Ajustado.
MÚSICA.No están todos

En la casa de los locos.
DON MÁRCOS.Púdrome de lo siguiente:
Porque este asunto escribí
A esta academia, de mí
Me pudro primeramente.
Item más: pudrir me debo
De que echen todos el mal
Á quien por no tener sal
No ha echado sal en el huevo.
El que se teme del rayo
Sin haberle hecho por qué,
¿Para qué quiere que dé
En la casa de Tamayo?
Que el que en un lodo ó pantano
Cayó de torpe ó de ciego,
Se levante y vaya luégo
Á la nariz con la mano.
Que un reloj compre un menguado
Y á todos ande despues
Preguntando, ¿qué hora es?
Para traerle ajustado.
Aquel, que sin resistillo,
Con un servidor ha andado,
¿Por reñir en colorado
Limpiase de lo amarillo?
Que se azote un majadero
No me causa pesadumbre;
¿Pero que haya quien le alumbre,
Costándole su dinero?
¿Que ande un hidalgote añejo
Con aire y hielo á porfía
Por los montes todo un dia
Para coger un conejo?
¿Que haya puercos mentecatos,
Que aunque sea de buen pelo,
Ensucien un ferreruelo
Por limpiar unos zapatos?
¿Y que ahorre el mosquetero
Seis cuartos de su caudal,
Y que se venga al corral

A silbarse su dinero?
Que por ruar un peinado
Dia de Angel y san Blas,
Alquile un coche no más
Á estar seis horas parado?
¿Que envíe un hombre á comprar
Un caballo á Andalucía,
Y le preste el mismo dia
Que llega para torear?
¿Que haya quien vaya a porfía
A los toros de Alcalá,
No más de á pasar allá
Dos noches malas y un dia?
Pues los músicos digan á coros
MÚSICOS.No están todos
En la casa de los locos.
DOÑA MATEA.Bien escrito está el asunto.
El tercero se te ha dado
A don Roque; es á que diga
Ocho coplas, ponderando
Por qué no se le da nada
De todos.
DON ROQUE.   Empiecen cantando
Los músicos mi letrilla.
RAFAELA.Es vieja.
DON ROQUE.   Pero es del caso.
GIBAJA.Ea, canten, por vida mia
La letrilla.
RAFAELA.   Ya cantamos.
MÚSICOS.Que se caiga la torre
De Valladolid,
Como á mí no me coja,
¿Que se me da á mí?
DON ROQUE.Un disparate es morirse,
El pudrirse más de mil;
Luego el pudrirse es lo mesmo
Que irse dejando morir.
Traiga ó no traiga mi dama
La pollera ó faldellin,
¿Por qué la he de pedir cuenta

De lo que yo no la dí?
La fama que el abogado
Tiene sin saber latin,
¿Qué me importa que la tenga,
Si no ha de abogar por mí?
Que un caballero novicio
Salga á torear en Madrid,
Pregunto yo: rueda él
Por entrambos ó por sí?
Que no pague á los criados
Un señor, ¿qué importa, en fin,
Si ha menester lo que tiene
Para echallo por ahí?
¿Qué me importa que don Diego,
Don Andrés ó don Martin
No tengan para comer,
Si lo gastan en vestir?
Hacerse uno caballero,
Saberlo obrar y fingir,
¿Qué le quita a mi solar,
Si echa la culpa al del Cid?
La mujer que me ha admitido,
Aunque mire aquí y allí,
El favor que á mí me hace
¿Por qué se le he de reñir?
Pues los músicos vuelvan a decir:
MÚSICOS.Que se caiga la torre
De Valladolid, etc.
GIBAJA.Así habian de ser todos
Los hombres.
DOÑA MATEA.   Asunto cuarto,
Que se le dió en seguidillas
Doce, al señor don Gonzalo.
Explique de qué manera
Quiere á la dama.
DON GONZALO.   Escuchadlo:
Pero yo no he dado letra;
Mas todo el coro muy claros
Todos los últimos versos
Me los pespunten al canto.

Jesus, María y José,
Seguidillas, ¿digo algo?
DON ROQUE.No hay más qué decir.
DON GONZALO.   Principio
De la obra.
GIBAJA.   Bien pensado.
DON GONZALO.La dama que yo adoro
Quiero que tenga
Una cara, que todos
Digan bellezas.
MÚSICOS.Una cara, etc.
DON GONZALO.Sea pequeña ó grande,
Me parece bien,
Que á la larga ó la corta
La pienso querer.
MÚSICOS.Que á la larga ó la corta, etc.
DON GONZALO.Aunque sea habladora,
Tambien la quiero,
Que la mujer del chisme
Me viene á cuento.
MÚSICOS.Que la mujer, etc.
DON GONZALO.Flaca no me la quiero,
Porque es vergüenza
Tener un hombre dama
Que haya flaquezas.
MÚSICOS.Tener, etc.
DON GONZALO.A la gorda es un tonto
Quien no la adora;
Pues vale lo que pesa
Cualquiera gorda.
MÚSICOS.Vale, etc.
DON GONZALO.Pero fea ó hermosa
No la despido,
Que el quererlas á todas
Cierto que es vicio.
MÚSICOS.Pero fea, etc.
(Repiten.)
DON GONZALO.Fin de la obra. En Madrid;
Y lo firmo: « don Gonzalo».
RAFAELA.El quinto y último asunto.

GIBAJA.Quedo, que aunque no me han dado
Asunto, traigo un soneto
De don Juan, el Valenciano,
Que en juegos de la poesía
Fué gran tahur de vocablos.
RAFAELA.Vaya el soneto.
DON MÁRCOS.   ¿Y sin letras?
GIBAJA.No, que á la letra le traigo.
A tus amantes (ninfa vil) repástalos,
Y en regalada cama incasta, acuéstalos,
Búscalos, enamóralos, recuéstalos,
Preténdelos, escóndelos y engástalos.
A todos castos con fervor descástalos,
A todos peros en tu cesta encéstalos;
Aunque no te molesten, tú moléstalos;
Aunque no te embanasten, tú embanástalos.
Por cuatro ó cinco endrinas, Dina, endrínalos;
En ocho ó nueve cubas, Cuba, enmóstelos;
Con doce ó trece sustos, Dama, asústalos;
Llámalos, amonéstalos, inclínalos,
Abrásalos, enciéndelos y tóstalos,
Enfráudalos, engáñalos y embústelos.
RAFAELA.El último y sexto asunto
Manda que representando
Matea con Serafina,
Hagan entrambas un lazo
De dos asuntos; pero ellas
Los han de elegir entrambos.
GIBAJA.Metro y asunto son libres.
DOÑA MATEA.A obedecer me levanto,
Y á representar mi asunto.
SERAFINA.Yo, lo que se me ha ordenado
Por la academia obedezco.
DOÑA MATEA.Mi asunto es este, escuchádlo:
A una dama que queria
Cuantos via; pero cuando
Se ve querida, aborrece
Los mismos que antes ha amado.
SERAFINA.Pues mi asunto es á una dama,
Que siempre aborreció cuantos

La quisieron; pero hoy quiere
Sólo porque la olvidaron.
DOÑA MATEA.En décimas es mi asunto.
SERAFINA.Tambien lo es el mío.
RAFAELA.   ¡Raros
Asuntos!
GIBAJA.   Pues cante el coro
Lo mismo con que acabaron
La audiencia de los amantes.
RAFAELA.Y tanto á mí me ha agradado
El estribillo, que todos
A mi ruego le estudiaron.
MÚSICOS.Si aborrecidas adoran,
Si adoradas aborrecen,
¡Lo que son mujeres!
DOÑA MATEA.Cuando á los hombres amaba
Mi obstinacion y porfía,
No pensé que merecía
Lo mismo que deseaba;
Que como desconfiaba
De mis méritos, tambien
Por tenerlos quise bien;
Mas como veo mi error,
Me desnudo del amor
Por estrenar el desden.
SERAFINA.Cuando una y otra pasion
Desechó mi voluntad,
Lo hacia mi vanidad
Aun más que mi inclinacion;
Pero ¡ay! que mi presuncion
Se llegó á desengañar;
Al contrario debo obrar:
Luégo forzoso ha de ser
Que yo busque á quien querer
Si no hallo á quien desdeñar.
DOÑA MATEA.Ya dentro del alma siento
Mi dolencia remediada,
Pues de un achaque de amada
Creció un aborrecimiento:
La llama de aquel violento

Fuego está desvanecida;
Convalecí de querida
Y sané de aborrecer,
Si no vuelvo á recaer
En viéndome aborrecida.
SERAFINA.Parece (si mi dolor
Junto mi desconfianza)
Que es quien quiere mi venganza.
No quien se queja mi amor
Amo de ira y cria el ardor
Verme olvidar y ofender;
¿De ofendida he de querer?
¡Oh, amor errado y impropio!
¡Que quiera yo por lo propio
Que habia de aborrecer!
DON PABLO.Pues decláranos tu mal
DON MÁRCOS.Dinos tu ódio tambien.
SERAFINA.Quiero sin saber á quién.
DOÑA MATEA.Yo aborrezco y no sé á cuál.
DON PABLO.Yo no lo enti endo.
DON GONZALO.   Ni yo.
DON PABLO.Tales extremos no ví.
DON MÁRCOS.¿Amas de venganza?
SERAFINA.   Si.
DON ROQUE.¿Aborreces de odio?
DOÑA MATEA.   No.
GIBAJA.Serafina, y si supieras
Que todos cuatro te adoran,
Que aman suspirar, y lloran,
Por tu amor, ¿cuál eligieras?
SERAFINA.Por vencer esta tirana
Pasion, que arder no se ve,
Á uno eligiera; mas sé
Que tiene amor á mi hermana.
DOÑA MATEADesde que amada me ví
Los empecé a aborrecer.
GIBAJA.Pues bien los puedes querer,
Que no te quieren á tí;
Solo a tí te aman de veras.
(A Serafina.)

DOÑA MATEA.Segun eso...
GIBAJA.   Te han mentido.
SERAFINA.Luego era su amor...
GIBAJA.   Fingido.
SERAFINA.¿Por qué?
GIBAJA.   Porque los quisieras.
SERAFINA.No perder la ocasion quiero,
No se puede, amor tirano;
Don Márcos, esta es mi mano.
DON MÁRCOS.Una Palabra primero:
Serafina, aunque ahora das
Esa mano á mi esperanza,
¿Por qué me amas?

SERAFINA.   Por venganza,
¿Y tú?
DON MÁRCOS.   Por tema no más.
Yo porque en tus celos vea
Repetido tu dolor,
Fingí que tenia amor
Solo á tu hermana Matea.
SERAFINA.¿Tú me has amado y servido?

DON MARCOS.Yo (aunque me arriesgue á quererte)
Serví por solo vencerte.
SERAFINA.¿Pues qué intentas? ya has vencido.
DON MÁRCOS.Que más fina y más constante
Ames al que te quisiere,
Que para mí no es quien quiere
De picada, y no de amante.
Ansí la ira mitigo
De tu obstinado desden,
Y á tu vanidad tambien
Le vengo a dar un castigo.
No es justo que quiera yo,
Aunque seas tan hermosa,
Una dama caprichosa
Que hoy quiere y mañana no,
¿Pues con qué seguridad
Ha de gozar tu favor

El que sabe que es tu amor
Hijo de tu vanidad?
DON ROQUE.Y yo, Serafina hermosa,
Digo lo mismo, por Dios.
DON GONZALO.Pues la que no es para vos,
Tampoco para mí es cosa.
DON PABLO.Nec mihi.
SERAFINA.   A ti te he elegido,
Estéban.
ESTÉBAN.   Eso me agrada,
¿Pues cuándo fué una dejada
Alhaja de un presumido?
SERAFINA.Tú alcanzaste la victoria,
Merecerás por constante.
JACOBO.Acordaraislo adelante,
Para que tenga memoria.
SERAFINA.Pues si son estos los hombres...
DON MÁRCOS.Pues si estas son las mujeres...
GIBAJA.Si esto es ser casamentero,
Pues no hay quien se case adrede...
SERAFINA.Pues aman aborrecidos...
JACOBO.Pues queridas aborrecen....
DOÑA MATEA.Para que escarmienten todas...
DON MÁRCOS.Porque todos escarmienten...
ESTÉBAN.Canten uno y otro coro...
GIBAJA.Repitan una y mil veces...
TODOS Y MÚSICOS.¡Mujeres, lo que son hombres!
¡Hombres, lo que son mujeres!
GIBAJA.Y don Francisco de Rojas
Un vitor sólo pretende
Porque escribió esta comedia
Sin casamiento y sin muerte.